BLAULICHT-REPORT

aus Unna Königsborn

... neue Kriminalgeschichten vom SONDERDEZERNAT K1

BoD - Books on Demand
Norderstedt 2021

Bibliografische Information durch die Deutsche Nationalbibliothek
Die Deutsche Nationalbibliothek verzeichnet diese Publikation in der
Deutschen Nationalbibliografie; detaillierte bibliografische Daten
sind im Internet über http://dnb.dnb.de abrufbar.

Bücher aus Königsborn

bei
SÜLTZ
BÜCHER

Renate & Uwe H. Sültz
© Freddy Vogt, KOLI
Herstellung und Verlag
BoD – Books on Demand, Norderstedt
ISBN 9-78375-3-46485-5

pixabay AKTIVES MITGLIED
© BY SÜLTZ
Sültz Bücher
AKTIVES MITGLIED
UND FÖRDERER
WIKIMEDIA
Sültz Books

Vorwort von Kommissar Hans Schemberg:

Mein Name ist Hans Schemberg. Hier in Königsborn begann mein Berufsleben bei der Polizei. Man nannte mich in den 1960er Jahren nur den Sheriff. Damals sprachen noch die Fäuste, nicht das Eisen. Mein Berufsleben endete in der Polizeischule in Brühl als Ausbilder.

Für einige Bücher des Ehepaares Sültz schrieb ich bislang das Vorwort. Ich freue mich, auch für dieses Buch, aus und über Königsborn, etwas schreiben zu dürfen. Autorin Renate Sültz schreibt über die krankhaften Fantasien eines Mörders, über einen Engländer, der tot in einem Hotel in Unna gefunden wird, sowie über einen hingerichteten Mann in Nord-Lünern. Gastautor Freddy Vogt lässt tief in die Geheimakten Unna blicken. Können Außerirdische im Spiel sein? Fragen über Fragen. Auf jeden Fall erklärt uns Gastautor Nok Te etwas über Zeit und Raum… nicht nur in Unna ein Thema. Mein Neffe Uwe H. Sültz schreibt über Kriminalfälle, die dann doch wieder ein normaleres Maß an Kriminalität aufweisen. Obwohl Das Medium sehr grenzwertig ist. Eine lange Freundschaft verbindet das Autorenpaar Sültz auf Sylt mit ihrem Freund und Gastautor Wolfgang KOLI Kolrep. Er schreibt über einen Mord unter Deck.

Viel Freude beim Lesen wünscht Ihnen

Hans Schemberg

… bleiben Sie gesund!

Inhalt:

Mörderische Gedanken

Renate Sültz

Torben Berthold war außergewöhnlich unauffällig. Am Tage betreute er seine kranke Mutter; und der Abend gehörte seinen krankhaften Phantasien. Er war in kirchlichen Organisationen rund um Unna tätig, sowie noch in anderen gemeinnützigen Vereinen. Niemand vermutete hinter diesem scheinbar harmlosen Menschen einen brutalen Mörder, der grausame und bestialische Dinge tat.

Torben war auf Grund eines Gen-Defektes blind zur Welt gekommen. Eigentlich konnte er nichts tun, doch sein Geruchs- und Ortungssinn hatte sich durch die Blindheit so ausgeprägt, dass er mit seinen übrigen Sinnen mehr als sehen konnte. Er hatte im Laufe der Jahre ein Hobby entwickelt, welches man mit einem normal funktionierenden Menschenverstand nicht erklären konnte.

„Wieder eine Leiche gefunden, dieses Mal in Königsborn.", sagte Anna Feddersen, die demnächst ganz im **SONDERDEZERNAT K1**, Königsborn, aufgenommen wird. „Im Augenblick reißt es aber auch nicht ab, einfach zum Mäuse melken.", jammerte die junge Kommissarin. „Bringt ja nix, da müssen wir leider durch.", antwortete Horst Breitscheid. „Ich möchte wirklich einmal wissen, wie die Leiche dieses Mal bearbeitet wurde, denn allen anderen, die wir bisher gefunden haben, fehlten die Augen.", sagte Anna Feddersen.

„Bloß daran zu denken, löst bei mir Magenprobleme aus.", sagte Horst. Erst vor ein paar Tagen hatten beide Kommissare eine Sonderausbildung im Bereich der Verbrechensbekämpfung hinter sich gebracht. Gut gewappnet fuhren sie los und wurden schon in Königsborn erwartet. Einige Einwohner standen um einen leblosen Körper herum. Die Tote lag auf dem Bauch, den Kopf fest in den Lehmboden gedrückt.

Die Kommissare Anna und Horst drehten sie um und waren vor Entsetzen sprachlos. Obwohl sie diesen Anblick schon kannten, erschreckten sie heftig, denn es sah einfach grausam aus. Die leeren, blutigen Augenhöhlen waren kaum zu ertragen. Die weiteren Leichen, die sie in Königsborn und Unna gefunden hatten, sahen genauso schlimm aus. „Aber warum hat dieser Perverse den Opfern die Augen herausgenommen?", fragte Horst Breitscheidt. „Tja, eine gute Frage Horst, wir müssen erst einmal die Tote untersuchen lassen.", antwortete Anna.

Sie ließen die grausam zugerichtete Frau abholen. Aber in der Pathologie wurde nichts festgestellt. Bis auf die fehlenden Augen war die Frau vollkommen unangetastet. „Der Mörder hat es nur auf diese Körperteile abgesehen, Anna.", sagte Fritz Scholz von der pathologischen Abteilung. Anna und Fritz kannten sich von der Universität und waren etwa gleichaltrig. „Fritz, hast du wirklich keine weiteren Spuren, damit wir weiter kommen?", fragte Anna ihn. „Leider nein.", entgegnete der Pathologe. Horst Breitscheid und Anna Feddersen fuhren zurück ins Büro und arbeiteten einen Vorgehensplan aus. Aber wo sollten sie beginnen? Fakt war, dass der Mörder ein sehr kranker und gestörter Mensch war.

Er sammelte scheinbar die Augen seiner Opfer. Anna sagte: „Was macht er nur mit diesen Körperteilen, verspeist er sie oder was?"

Am Sonntag besuchte Anna mit ihrer Tante einen Gottesdienst in der örtlichen Kirche. Dabei fiel ihr während der Messe etwas auf. Ein ca. dreißig Jahre alter Mann schob seine alte Mutter im Rollstuhl an den Altar. Das war nichts Besonderes, aber was er dann tat, dürfte es eigentlich nicht geben. Er legte eine weiße kleine Schachtel auf den Tabernakel und ging ganz beruhigt wieder weg. „Was war denn das?", dachte Anna und es wurde ihr etwas flau in der Magengegend. Sie konnte sich dieses Gefühl noch nicht erklären. „Irgendetwas stimmt da nicht.", sagte sie zu ihrer Tante.

„Suspekt, sehr suspekt.", dachte Anna. Der Priester dieser Gemeinde nahm stillschweigend das weiße Päckchen vom Tabernakel und verschwand erst einmal für einen Moment in der Sakristei. Anstatt die Messe mit der alten Dame im Rollstuhl abzuwarten, verschwand der Mann schnellen Schrittes aus der Kirche. Dabei drehte er sich ständig um. Das schlechte Gewissen konnte man ihm förmlich ansehen. „Nein.", sagte Anna zu ihrer Tante. „Hier ist doch etwas ganz schön faul, das merke ich doch.", flüsterte sie.

„Aber Anna, du kannst noch nicht einmal in deiner freien Zeit abschalten und deine Pflichterfüllung zur Seite schieben.", meckerte Frau Nielsen. „So, so, was du wieder denkst, Tantchen.", antwortete die Kommissarin. Weiter sagte sie: „Auf jeden Fall werde ich mir diese Angelegenheit einmal etwas näher ansehen." Einige Tage später, die Kirche war offen, wollte sie mit dem

Gemeindepriester ein paar Worte reden. Herr Lamprecht war schon seit 20 Jahren in dieser kleinen Gemeinde tätig und nie war über ihn auch nur ein schlechtes Wort geredet worden.

An diesem Mittwoch war die Kirche für kurze Zeit geöffnet. Aber auch nur, weil kurz vorher geputzt wurde. Anna zeigte ihren Ausweis und der Küster ließ sie hinein. Alles schien ruhig und still. Sie traute sich kaum einen Fuß vor den anderen zu setzen. Selbst der Küster wusste nicht, was in dieser Kirche vor sich ging. Ein Flüstern und Raunen kam ihr entgegen. „Was war denn das nur.", dachte Anna. Das Flüstern ging in einen monotonen Gesang über. Er wurde immer lauter und eindringlicher. „Oh Herrscher, der über den Dingen steht, wir huldigen dir mit allem, was uns zur Verfügung steht, um dich zufrieden zu stellen."

Leise schlich Anna sich heran und versteckte sich hinter einer hohen Eichentür. Von hier aus konnte sie ungestört alles beobachten. Sie traute ihren Augen nicht. An einem langen, rechteckigen Tisch saßen 30 Leute. Alle waren komplett in schwarz gekleidet. Auf diesem Tisch standen schwarze Kerzen, die geheimnisvoll und mysteriös leuchteten. Es lag ein offenes, schweres Buch daneben und in der Mitte des Tisches waren in einem Samtkissen 6 Augenpaare aufgebahrt.

Einer stand auf und sprach monoton: „Oh Satan, unser Herr, nimm diese Augen als Opfer, damit du Mensch werden kannst, wie wir." Weiter vernahm Anna den unheimlichen Gesang. Sie hatte genug gesehen und wollte, noch bevor man auf sie aufmerksam werden konnte, verschwinden.

„Horst, Grüß dich.", sagte Anna Feddersen, als sie das Büro betrat. Sie war immer noch recht blass im Gesicht. Nun erzählte sie, was sie am Vortag erlebte: „Du wirst es nicht glauben, aber ich habe gestern Nachmittag eine schwarze Messe beobachten können." Sie redete aufgeregt weiter: „Es war einfach grausam, denn es wurden dem Teufel 6 Augenpaare geopfert." „Denkst du, es könnte mit den Morden etwas zu tun haben, an die wir uns gerade die Zähne ausbeißen?", fragte Horst neugierig. Horst Breitscheidt war ein Polizeibeamter mit Leib und Seele. So schnell konnte man ihn eigentlich nicht schocken. Doch diese Morde hatten auch ihm arg zugesetzt.

„Ich muss am Sonntag wieder zur Messe und es wäre gut, wenn du mitkommen würdest, Horst. Ich glaube, wir werden den Mörder sehen und mit einem Schlag mehrere Leute festnehmen können.", meinte Anna Feddersen. „Näheres werde ich dir später erklären.", sagte sie. Am Sonntag trafen sie sich wie besprochen an der Kirche und gingen gemeinsam hinein. Ihren Platz suchten sie sich so aus, damit sie noch gut alles beobachten konnten. Die Messe begann ganz normal wie immer. Nichts war auffällig. Doch dann, keiner von den Beamten rechnete noch damit, kurz vor dem Ende der Messe, fuhr aus der hintersten Reihe ein Mann, mit Blindenband am Oberarm und einer alten Frau im Rollstuhl, zum Altar.

Es war Torben Berthold. Er muss sich wohl in dieser Kirche gut auskennen, sonst würde er sicher nicht sehen, wo er das Päckchen hinlegen muss.", flüsterte Anna ihrem Kollegen zu. „Ich habe eine leise Ahnung, was in dem Päckchen ist.", sagte Horst Breitscheidt. In den letzten Monaten sind viele schlimme Morde geschehen, die man bis heute nicht aufklären konnte. „Kommen sie Horst, wir schleichen uns einmal nach hinten, ich zeige ihnen den Raum, in dem die schwarze Messe abgehalten wurde.", sagte die Kommissarin. Die Beamten schlichen sich auf leisen Sohlen nach hinten in die Sakristei. An der Tür blieben sie wie angewurzelt stehen und bekamen eine Unterhaltung zwischen dem Priester und Torben Berthold mit. Der Geistliche sagte: „Wenn du nicht in den nächsten Tagen mit frischen Augenpaaren rankommst, wird es dir nicht gut ergehen; und du wirst deine Sehkraft nie mehr wieder erhalten."

Der blinde Mann nickte nur mit dem Kopf und sagte: „Ich werde alles tun, was in meiner Macht steht." Er ging mit gesenktem Kopf hinaus zu seiner alten Mutter, die im Rollstuhl saß und auf ihn wartete. Die beiden Kommissare waren sprachlos, schauten sich nur an und gingen schnellen Schrittes aus der Kirche. „Wie werden wir nun weiter vorgehen?", sagte Horst Breitscheidt. „Lassen sie uns erst einmal ins Büro fahren.", antwortete Anna Feddersen.

Wenige Minuten später saßen sie zusammen an ihren Schreibtischen und überlegten. Dieser grausige Anblick war nichts für Horst. Ansonsten war er eigentlich hart im Nehmen, aber nun verließ ihn seine Disziplin. „Beim nächsten Kirchenbesuch werden wir den Haufen auffliegen lassen.", meinte die junge Kommissarin. Ein paar Tage später war es dann soweit. Anna und Horst saßen in der ersten Reihe und hinter ihnen einige Männer zur Verstärkung. Niemand konnte ahnen, dass es Polizeibeamte waren. Die Messe begann ganz normal und wie sie es vermuteten, kam kurz vor Schluss Torben Berthold und legte ein weißes Päckchen auf den Tabernakel. Einige Tage vorher wurde eine junge Frau im Park gefunden. Sie saß tot auf einer Parkbank und hatte keine Augen mehr. Ein grausamer Mord, denn sie wurde vorher erdrosselt mit einem langen Draht. Die Kehle wurde durchschnitten. Der Mörder setzte sie so hin, dass man im ersten Moment nichts merken konnte. Spielende Kinder hatten die Polizei gerufen.

Nun war es soweit. Anna kochte vor Wut und Tatendrang. Der Mörder befand sich noch in der Kirche und wurde sofort mitgenommen. Anna und Horst und noch einige Polizeibeamte stürmten die Sakristei und konnten auf einen Schlag fast alle anwesenden Leute und den Pfarrer festnehmen. Sie waren gerade dabei zu verschwinden. „Da hatten wir aber verdammtes Glück.", sagte die Kommissarin. „Ich hoffe nur, dass die Mordserie jetzt ein Ende genommen hat.", meinte Horst Breitscheidt und schaute dabei Anna angstvoll an.

„Ja vielleicht, aber Verbrecher laufen genug frei herum.", sagte Anna. Die Kommissare gingen nach Feierabend erst einmal gemeinsam einen trinken, denn essen konnten sie momentan noch nichts. Kann man gut verstehen.

Ein Glas zu viel

Renate Sültz

Das Büro der beiden Kommissare Thomas Sörensen und Rene Brandt hatte seinen festen Sitz in Unna Königsborn. Eifrig waren die Männer täglich im Einsatz, denn in der letzten Zeit häuften sich die Mordfälle. Jedoch das, was sie in den folgenden Tagen erwarten sollte, übertraf alles, was sie bisher erlebt hatten. Rene Brandt trank seinen morgendlichen, löslichen Kaffee, wie immer viel zu stark. „Langsam musst du auch mal an deine Gesundheit denken, Rene.", meinte Thomas. „Deine Kaffeetassen bekommt man ja nicht mehr sauber, so fest klebt das braune Zeug daran.", grinste er. „Ach ja, Thomy, wenn du mal nix zu nörgeln hast, biste unglücklich, was?", antwortete Rene. Rene Brandt war gerade 40 geworden, aber die ersten grauen Haare schlichen sich schon ein. Vor einem Jahr wurde er geschieden. Es entwickelte sich ein Rosenkrieg, womit er nicht gerechnet hatte. Und leider nimmt es kein Ende, denn seine Frau hat nichts Besseres zu tun, als alle Nase lang gegen ihn zu klagen.

Wenn Rene seinen Beruf nicht hätte, dann wäre er schon daran zu Grunde gegangen. Thomas Sörensen war ledig und mit seinen 55 Jahren sah er noch recht gut aus. oft konnte er so charmant sein, dass die Frauen ihm nachschauten. An diesem Morgen, bekamen sie eine neue Kollegin. Es klopfte an der Bürotür. „Herein", rief Rene! Anna Feddersen trat ein. Schon ihr Großvater und Vater standen oder stehen im Dienste des Sonderdezernats K1. Anna trat nun in deren Fußstapfen ein. Gerade war sie mit dem Studium und der Polizeischule fertig. Sie wohnte bislang in Dortmund, bekam aber sofort eine Dienstwohnung in Königsborn. „Grüß' dich", säuselte Thomas, etwas abwesend. „Die knapp 30 jährige junge Frau stellte sich bei den Herren vor. „Junge, Junge", sagte Thomas Sörensen bei ihrem Anblick. „Mit ihnen zu arbeiten und sich gleichzeitig zu konzentrieren, fällt ganz schön schwer.", meinte er. Anna grinste verlegen und bekam einen roten Kopf. Sie war sich schon bewusst, wie sie auf Männer wirkte. Sie war eine große, schlanke Frau, wohlgeformt und vom Gesicht her, bildschön. „Es hilft alles nix.", meinte Thomas Sörensen. „Wir müssen nun alle ran an die Arbeit. Der Fall, der heute rein geflattert kam", sagte Rene, „erfordert unseren ganzen Einsatz." „Im Hotel in Unna ist ein Toter im Pool gefunden worden!", rief Thomas. „Seine Frau suchte ihn kurz zuvor, dann rief sie uns an, als sie ihn fand." Rene Brandt, eifrig wie immer, zog sich schnell seinen abgewetzten Mantel über und konnte es kaum erwarten, den Fall zu untersuchen. Längst hätte er sich einmal einen neuen Überwurf kaufen können, aber irgendwie brachte ihm dieser Fetzen Glück, glaubte er jedenfalls. Anna lachte und meinte: „Dann ist es ja gut, dass ich meinen Dienst hier angetreten bin." Die drei Beamten machten sich auf den Weg zum Hotel. Der alte Dienstwagen quietschte beim Zurücksetzen, aber die Hauptsache, er bringt sie überall hin. Im Hotel angekommen, wurden sie schon von einem Haufen Leute empfangen.

Ärzte, Sanitäter und Bestatter gaben sich die Klinke in die Hand. Kommissar Sörensen stellte seine Kollegen Brandt und Feddersen vor; und sie begannen auch sofort mit der Befragung. Der Hotelmanager sagte aus, dass ein älteres Ehepaar vor ein paar Tagen ein Zimmer bezogen hätte. „Sie stritten viel, aber dies ist wohl nichts Besonderes in dem Alter", meinte er. „Sie gingen zusammen ins Schwimmbad, mehr weiß ich nicht antwortete er. „Anna Feddersen war noch recht unsicher und hörte genau zu, wie ihre Kollegen vorgingen. „Thomas", sagte Rene, „wir müssen nachforschen, wo sich das Ehepaar vor dem Schwimmbadaufenthalt aufgehalten hat." „ Eigentlich sollten wir erst einmal die Ehefrau des Toten befragen.", antwortete Anna. „Sie sitzt vor dem Hoteleingang, in Tränen aufgelöst."

Herr und Frau Jonson kamen extra aus England, um das Zentrum für Internationale Lichtkunst zu besuchen. Die Engländerin saß in Tränen aufgelöst, auf einer Bank vor dem Hotel. Sie regte sich nicht. Anna ging auf sie zu und versuchte sie in ein Gespräch zu verwickeln. „Leider muss ich ihnen ein paar Fragen stellen." sagte Anna vorsichtig. Noch wusste keiner von den Kommissaren, mit welchem eigenartigen Fall sie es bald zu tun bekamen. Zögerlich antwortete die alte Frau auf die Frage, wie sich alles abgespielt habe und was sie gesehen habe: „Tja, was soll ich denn sagen, ich hatte meinen Mann begleitet, da er etwas behindert ist." sagte sie nervös. „Ich half ihm noch ins Wasser zu steigen und wartete. Plötzlich fing er an zu zappeln, obwohl er ein guter Schwimmer war.", sagte sie noch. Rene wurde neugierig: „War er denn krank?" „Nein, er war gesund, aber leicht gehbehindert." sagte die alte Dame. „Als ich ihn herausziehen wollte, war er schon tot. Mehr kann ich nicht dazu sagen.", meinte sie.

„Kommen sie, Anna!", rief Thomas Sörensen. „Wir werden hier noch einiges zu tun haben." Als die drei Beamten, vorne weg Anna, denn sie hatte die Leitung des Kommissariats übernommen, sich im Auto beratschlagten, klopfte jemand an die Scheibe des

Dienstwagens. Es war die Angestellte der Bar auf der oberen Etage. Daran grenzte direkt das Schwimmbad.

„Liselotte, ist mein Name", stellte sich die Frau vor. „Ich arbeite schon etwas länger als Kellnerin hier im Hotel. Ich halte immer die Augen offen.", sagte sie. „Es sind schon oft schlimme Dinge hier geschehen." „Was haben sie uns denn zu sagen?", fragte Thomas Sörensen? „Am Tage des Unfalls, habe ich das verdächtige Ehepaar in der Bar bedient.", antwortete sie eifrig. Liselotte sprach weiter: „Er trank nur einen Saft, wogegen seine Frau einen Whiskey nahm.", überlegte sie. Thomas Sörensen bohrte und wollte wissen, wie es weiter ging. „Eigentlich soweit nichts Besonderes.", sagte das Mädchen.

„Jedoch sah ich, wie sie, als er auf der Toilette war, etwas in sein Glas fallen ließ.", fuhr sie fort. Anna hörte aufmerksam zu. „Dann werden wir so schnell es geht eine Obduktion anordnen.", befahl sie nervös. „Hier können wir erst einmal abziehen.", rief Rene! Später ergab die Obduktion, dass dieser ältere Mann von seiner Frau absichtlich mit einem Nervengift getötet werden sollte. Nachdem er ins Wasser sprang, schoss ihm das Blut dermaßen schnell in den Kopf und der Druck war so stark, dass seine Arterien platzten. Er war sofort tot. Die Ehefrau wurde vom Kommissaren-Team verhaftet. Sie verbringt nun die restlichen Jahre ihres Lebens hinter Schwedischen-Gardienen.

...

Warum sie ihren Mann umgebracht hatte? Seine Lebensversicherung betrug eine halbe Million. Da diese Frau älter war, als ihr Gatte, wollte sie noch einmal aus dem Vollen schöpfen.

Bis zum Schluss war sie sich sicher, und dachte, man könne ihr so schnell nichts beweisen. Wenn sie nicht beobachtet worden wären, hätte es vielleicht geklappt.

Wieder geht ein Tag im **SONDERDEZERNAT K1** zu Ende. Seit Anna Feddersen da ist, läuft alles wie geschmiert. Der Ehrgeiz hat sich von ihrem Großvater und Vater auf sie übertragen. Was sie noch nicht weiß, Rene Brandt hat ein Auge auf sie geworfen. Ja, dann wollen wir mal abwarten.

Missbraucht und entsorgt

Renate Sültz

Lars, ein 18 jähriger junger Mann, wohnte mit seinen Eltern Sven und Margo Hansen in Königsborn. Ein relativ ruhiger Ort. Tagsüber spielte sich nie viel ab. Nachts rasen wohl Rennfahrer die Kamener Straße auf und ab, Verrückte eben. Ruck-zuck klatscht man vor einen Baum...

Lars arbeitete, nachdem er seine Ausbildung als Agrarier gemacht hatte, im landwirtschaftlichen Betrieb seiner Eltern mit. Der Betrieb lag in Nord-Lünern.

Einige Felder, Kühe und Schafe gehörten dazu. Lars setzte sich für die Interessen der Landwirte mit vollem Eifer ein. Die Arbeiten machten ihm Freude. Niemand rechnete in dieser stillen Gegend mit einem so grausamen Mord. An einem Sonntagmorgen fand Sven Hansen seinen Sohn wie auf einer Schlachtbank aufgebahrt. Im Gerätehaus seines Anwesens lag er lang ausgestreckt auf einer großen Werkbank. Arme und Beine auseinander. Hände und Füße waren festgenagelt. Den Mund hatte man dem Toten weit geöffnet und eine Fahne hineingesteckt mit der blutigen Aufschrift:

Er hat es verdient.

Sven Hansen brach zusammen. Zu grausam war der Anblick seines geliebten Sohnes. Sven wurde bewusstlos und erwachte erst wieder im Krankenhaus. Man erzählte ihm noch einmal vorsichtig was geschehen war. „Wo ist meine Frau!", rief Hansen laut und weinte fürchterlich. Jetzt half ihm nur noch eine Beruhigungsspritze. Er fiel in einen Dämmerschlaf und wurde erst wieder wach, als die beiden Kommissare Rene Brandt und Thomas Sörensen eintraten. Sie setzten sich an sein Bett und erzählten ihm, dass seine Frau Margo immer noch nicht das Bewusstsein erlangt hatte. Der Schock war einfach zu groß, den sie erlitt. Weitere Informationen und Fragen wollten sie sich sparen und verabschiedeten sich vorläufig von ihm.

Der benachbarte Bauer Knut Rassmus wollte am Tage des Mordes bei den Hansens frisches Lammfleisch abholen. Dies stellten die Beamten nach einigen Recherchen fest. Knut Rassmus selbst züchtete Pferde. Er besaß riesige Äcker auf denen er Mais und Getreide anbaute. So richtig konnten die Familien sich untereinander nie anfreunden. Ständig musste sich Knut Rassmus von Sven Hansen anhören, wie leichtsinnig er doch sei mit dem Gatter für seine Pferde. Zu oft sprangen die Tiere hinüber und liefen auf Hansens Felder herum. Jahrelange Streitigkeiten zermürbten die Familien. Irgendwann platzte Knut Rassmus der Kragen. Konnte er sich denn nicht auch freundschaftlich mit ihm auseinandersetzen?

„Viel hätte man in der Vergangenheit schon regeln können.", dachte Rassmus. Aber wenn er genau darüber nachdachte, wollte er es eigentlich nicht. Er hatte hauptsächlich etwas anderes vor. Einen riesen Denkzettel musste er den Hansens verpassen. Dieser grausame Plan reifte in seinem kranken Gehirn schon lange heran.

Der Zustand von Margo und Sven Hansen besserte sich nur langsam. Zu schlimm war das, was sie erleben mussten. Einige Tage später versuchten die Beamten erneut etwas von den Hansens zu erfahren. Jede Kleinigkeit könnte zur Aufklärung des Falles beitragen. Man konnte deutlich merken, dass Sven Hansen unter Beruhigungsmitteln stand. Rene Brandt fragte ihn über seinen Nachbarn Rasmus aus und bekam eine Antwort, mit der er nicht gerechnet hatte. Es stellte sich heraus, dass Rassmus schon mal wegen Kindesmissbrauchs gesessen hatte. „Sven, können sie uns noch etwas mehr sagen? Was fällt ihnen noch ein über diesen Typ?", fragte Thomas Sörensen. Noch bevor Hansen antworten konnte, fiel er in einen tiefen Schlaf. „Komm' Rene, wir gehen.", sagte Thomas Sörensen. „Ich glaube wir können heute hier nichts mehr erfahren!"

Die beiden Beamten von der **SONDERDEZERNAT K1** zogen davon. In ihrem Büro angekommen, machten sie sich über diesen grausamen Mord Gedanken. „Mensch, Rene", sagte Thomas Sörensen. „Der Junge ist regelrecht hingerichtet worden! An Händen und Füssen festgenagelt, einfach grausam." „Hatte Lars Hansen eigentlich Feinde?", fragte Rene. „Keine Ahnung", meinte Thomas Sörensen, „lass' uns forschen, wer zu seinem engsten Bekanntenkreis zählte. Vielleicht kommen wir da weiter!" Also legen wir los.

Margo und Sven Hansen wurden einige Wochen später entlassen. Sie wollten sich sofort mit Arbeit von ihren Sorgen und ihrer Trauer ablenken. Es fiel ihnen sehr schwer. Lars war nicht mehr da; und der Tatort lag so, dass er zwangsläufig ständig daran vorbei musste. Auch an diesem Tag. „Nanu, was ist denn das?

Margo, komm doch mal schnell her.", sagte er. „Schau' einmal", rief er. Eine abgeschlagene Fingerkuppe lag auf dem Boden. Ohne zu überlegen, wickelte Sven den Finger in ein Tuch und legte ihn in den Kühlschrank.

Er rief sofort Thomas Sörensen und Rene Brandt an.
Der Finger sah noch relativ frisch aus, auch kein Wunder bei der Kälte. Die Inspektoren kamen so schnell sie konnten. Schnell fuhren sie mit der Fingerkuppe, in einem Kühlbehälter, zur Pathologie. Nach eingehender Untersuchung stellte man fest, dass diese Fingerkuppe einem zwischen 30 und 40 Jahre alten Menschen gehörte. Die Beamten waren sprachlos. Der Fall wurde immer eigenartiger. Wo sollten sie nur anfangen zu suchen? Aus anfänglichen Recherchen wussten sie, dass Rassmus kein unbeschriebenes Blatt war. Könnten sie etwa Glück haben? Rasmus hatte ein dunkles Geheimnis jahrelang mit sich herumgetragen.

Der Missbrauch eines Kindes brachte ihn für lange Zeit ins Gefängnis. Es kam noch Raub und Waffenschmuggel dazu. Wegen guter Führung entließen sie ihn unverständlicherweise viel zu früh. Er hasste seine Nachbarn und wollte sich an ihnen rächen, vermuteten die Kommissare. Sie sollten wohl Recht haben. Sie beschlossen so schnell wie möglich den Bauernhof des Knut Rassmus aufzusuchen. Rassmus saß im Hof seines Anwesens auf einem Stuhl mit dem Rücken den Männern zugewandt. Thomas rief laut: „Rassmus, drehen sie sich doch einmal um, wir müssen ihnen einige Fragen stellen." Doch dieser antwortete nicht. Neben ihm auf dem Boden lagen ein Abschiedsbrief und eine Waffe. Blut tropfte auf den Boden. Rene schrie immer noch: „Verdammt noch mal, drehen sie sich doch um, sind sie schwerhörig?" Er konnte die Situation noch nicht realisieren. „Lass' mal, Rene", sagte Thomas, „da kommt nichts mehr, er hat sich erschossen!" „Ist auch wohl besser für ihn, denn im Knast hätte man Hackfleisch aus ihm gemacht." In dem Abschiedsbrief gestand Rassmus den gemeinen Mord. Wie sich später herausstellte, fanden Beamte am Tatort in Nord-Lünern eine zweite Blutgruppe. Rassmus muss sich dort wohl bei seiner Tat verletzt haben und warf seine Fingerkuppe dort weg.

„Hast du Lust zum Feierabend ein Bierchen mit mir zu schlürfen Thomas? Ich lade dich ein? Morgen wartet wieder reichlich Arbeit auf uns." Rene grinste: „Ja, komm', hauen wir ab."

Annas Fall

Renate Sültz

Wenn ich mich noch nicht vorgestellt habe, so tu ich es hiermit. Ich heiße Anna Feddersen, bin 30 Jahre jung und trete das Erbe meines Großvaters und Vaters an. Ich habe vor kurzem das **SONDERDEZERNAT K1** übernommen. Nun lasse ich die Herren Kollegen nach meiner Pfeife tanzen. Natürlich so, dass sie es nicht merken. Rene Brandt hat sich unsterblich in mich verguckt. Ich hatte es sehr früh gemerkt, aber mir nichts anmerken lassen. Hatte mich einfach blöd gestellt. Jedenfalls sind wir nun ein Paar. Rene ist wieder ledig. Seitdem er von seiner Frau geschieden ist, hat er nur Ärger mit dieser Schnepfe. Sie will immer mehr, obwohl sie ihn schon nackt ausgezogen hat. Rene ist ein toller Mann und hat so einen Scheiß nicht verdient. Den letzten Fall, den ich bearbeiten musste, bevor ich meinen ersten Urlaub antreten konnte, war folgender: Marion Hinrichsen ist hier aus Unna. Sie kam an diesem Tag aufgelöst und weinerlich in das Kommissariat und meldete ihren fünf Jahre alten kleinen Sohn als vermisst an. Er war, laut ihrer Aussage, schon über einen Tag verschwunden. Wenn ich gewusst hätte, dass diese Frau eine notorische Lügnerin und Psychopathin ist, hätte ich mich auf diesen Fall nicht eingelassen. Wir machten uns mit einem riesigen Aufgebot von Polizisten auf den Weg um das Kind zu suchen und fanden ihn nicht.

Das ging tagelang so. Suchmeldungen und Plakate gingen überall aus. Nichts. Langsam hatte ich, so traurig es klingen mag, die

Schnauze voll, denn ich traute dieser Frau nicht. Meine Menschenkenntnis war so groß, dass ich wenig später bestätigt bekam, was ich vermutete. Was wollte diese Hinrichsen? Was bezweckte sie mit dieser Aktion? Wo war der Junge? Ich glaubte nicht an eine Entführung. Sie behauptete, dass ihr geschiedener Mann etwas mit dem Verschwinden des Kindes zu tun hätte. Sie meinte auch, dass Olaf Hinrichsen, der Vater des kleinen Jungen, seine Finger da mit drin habe. Unglaublich. Der Fall wurde immer eigenartiger. Olaf Hinrichsen wurde von der örtlichen Kripo aufgesucht. Er wohnt in Dortmund. Tja, Olaf war ein liebevoller Vater, der sich immer gut um seinen Sohn kümmerte. Seine Nachbarn bestätigten dies. Hinrichsen hatte mit der Sache nichts zu tun, dass stand fest. Die Aufregung wuchs und wuchs. Olaf Hinrichsen kam ins Kommissariat und wollte helfen seinen Sohn zu finden. Hinrichsen ließ durchblicken, dass er seiner Frau nicht traue, denn sie wäre ganz schön sauer auf ihn. Olaf konnte ihr einfach nicht die Liebe geben, die sie von ihm erwartete, denn die Gefühle für diese Frau waren recht schnell abgekühlt. Oft behandelte sie das Kind ungerecht und schlug ihn. Olaf wollte das Sorgerecht für sich selbst beantragen, hatte aber kein Glück. Man glaubte nur Marion. Sie war die Mutter und das Kind sollte bei ihr bleiben. Marion Hinrichsen blieb jedenfalls dabei, dass ihr geschiedener Mann etwas mit dem Verschwinden des Kleinen zu tun habe. Nun gut, eines Morgens machten wir uns auf den Weg zur Wohnung von Marion Hinrichsen. Mir schwante etwas Schlimmes. Dort angekommen, stellten wir fest, dass diese Frau in einem tollen Reihenhaus lebte. Olaf hatte es ihr und dem Jungen überlassen. Geld hatte er genug. Er verdiente Millionen mit seinen Unternehmungen. Er vermietete für viel Geld Baumaschinen an

Firmen, denn gebaut wird ständig. Rene, Thomas, Olaf und meine Wenigkeit, standen nun vor der Tür. Ich hatte ein komisches Gefühl und es sollte mich auch nicht täuschen.

Einen Summton vernahmen alle, nein, es war ein Wimmern. Vielleicht von einer Katze? Olaf Hinrichsen erkannte sofort, dass es sich um die Stimme von seinem kleinen Jungen handelte. Wir klingelten. Nach einer Weile öffnete Marion. Diese dummdreiste Person fragte uns auch noch, was wir denn wollten und was ihr geschiedener Mann hier zu suchen hätte. Dieses Luder behauptete auch noch, dass Olaf ihren Sohn schon des Öfteren entführt hätte. Er solle doch gefälligst ihren Sohn zurückbringen. Das schlägt doch wohl dem Fass den Boden aus, oder? Wir stießen diese völlig kranke Frau zur Seite und bahnten uns einen Weg in Richtung Keller. Das Weinen des Kindes wurde immer lauter und eindringlicher. Olaf forderte seinen Sohn auf, durchzuhalten, er wäre sofort da. Ein riesiger, kalter Keller mit mehreren kleinen Räumen war zu sehen. In einem dieser Räume saß das Kind. An Händen und Füssen festgebunden. Nur mit einem dünnen Hemdchen bekleidet. Er weinte jämmerlich. Olaf Hinrichsen löste sofort seine Fesseln und nahm ihn ganz sacht in den Arm. Er versprach dem Jungen, dass nun alles gut würde und er nie mehr Angst haben müsse. Sein kleiner Körper war auch noch mit roten Striemen übersät. Es stellte sich später heraus, dass der kleine Junge schon jahrelang diese Qualen ertragen musste.

Weil Marion Hinrichsen sich von ihrem Mann nicht geliebt fühlte, ließ sie diesen Frust krankhafter Weise an dem armen Kind ab. Wenn Olaf an seinem Besuchswochenende seinen Jungen abholte, wurde ihm immer gesagt, dass das Kind sich wieder geprügelt habe. Dem Kleinen wurde verboten ein Wort darüber zu sagen, wenn ihn seine Mutter wieder einmal quälte. Aber Olaf hatte schon immer den Verdacht, dass da etwas nicht stimmte. Nun, was soll ich sagen, der Junge kam, nachdem der Vater das alleinige Sorgerecht beantragte, für immer zu ihm. Dies versuchte er in der Vergangenheit schon öfter, doch man gab immer der Mutter den Vorzug. Marion Hinrichsen wurde in die Psychiatrie eingeliefert und muss danach noch ins Gefängnis. Hoffentlich kommt sie nie wieder frei.

Ach ja, bevor ich es vergesse. Nachdem ich aus dem Urlaub wieder da war, haben Rene und ich uns verlobt. Beim Fischessen überreichte er mir einen tollen Ring. Nun hab ich ihn für immer an der Backe, aber ich liebe ihn eben.

Geheimakte Unna

Freddy Vogt

Es war ein schöner Sommertag. Kommissar Klaus Herrhaus und sein Kollege Manfred Schulte fuhren von der Polizeidienststelle Unna Richtung Stadtring. Es war bisher ein ganz normaler Tag, ohne besondere Vorkommnisse. Unna war eine ruhige Stadt.

Zur gleichen Zeit machten sich auch die beiden Jugendlichen Maik Winter und seine Freundin Elli Klausen auf den Weg. Es waren Ferien und wie fast jeden Tag, wollten Sie mit den Fahrrädern von Billmerich, einem kleinen Dorf, durch das Bornekamptal zum Freibad Unna. Die Sonne schien von einem wolkenlosen Himmel. Die beiden Freunde fuhren durch das Tal. So, als wären sie allein auf der Welt. Ungefähr auf der Hälfte der Strecke sahen sie etwas sehr Ungewöhnliches auf dem Weg. Es sah aus, wie ein runder Kreis. Und durch den Kreis sah man etwas ganz anderes, als den bekannten Weg. Elli blieb abrupt stehen. „Was ist das, Maik?" Auch Maik blieb erschrocken stehen. So etwas hatte er noch nie gesehen. „Ich habe nicht die geringste Ahnung.", kam als Antwort. Der Kreis waberte wie heiße Luft über dem Boden. Auf der Straße war ein runder verbrannter Kreis zu sehen. Schlagartig fing der Ring an zu wandern. Direkt auf die Jugendlichen zu. Panisch, schreiend rissen beide ihre Räder herum und wollten flüchten. Aber es war schon zu spät. Sie kamen sich wie in Zeitlupe vor. Alle Bewegungen waren extrem langsam. Nur der Kreis kam rasend schnell näher. Ohne auch nur die kleinste Chance wurden sie in den Ring gezogen und verschwanden. Zurück blieben nur die zwei

Räder. Sie lagen genau neben dem verbrannten Ring auf der Straße.

Die beiden Kommissare, sie arbeiten auch für das **SONDERDEZERNAT K1,** fuhren entspannt ihre Streife. Sie genossen ihre ruhige Schicht. Auch der Verkehr war heute ungewöhnlich ruhig: „So kann der Tag meinetwegen weitergehen." Herrhaus rekelte sich auf dem Beifahrersitz. „Lass' uns gleich mal einen Kaffee trinken. Können wir unten am Bahnhof." Schulte schaute ihn an und nickte nur. Kurz darauf bogen sie vom Ring Richtung Bahnhof ab.

Den Kaffee schlürfend standen die Kommissare am Dienstwagen. **„Zentrale an Unna Vier, Zentrale an Unna Vier. Bitte kommen."** Schulte ging zum Auto und beugte sich rein. Kaum hatte er das Mikrofon in der Hand **„Unna Vier hört"** Heidi Steffen aus der Zentrale war am Funk. **„Fahrt doch bitte mal in den Bornekamp. Ein Bauer hat angerufen. Es liegen da wohl zwei Fahrräder auf dem Weg. Und weit und breit kein Mensch. Ach ja. Und ein verbrannter Ring soll direkt neben den Räder auf dem Weg sein. Guckt euch die Sache mal an. Zentrale Ende."**
Schnell wurde der Kaffee ausgetrunken; und schon ging die Fahrt los. Das Bornekamptal liegt auf der anderen Seite der Stadt. Die Fahrt ging über den Ring. Dann rechts rein in den Bornekamp, ein kleines Naherholungsgebiet. Vorbei am Freibad fuhr der Streifenwagen dann stadtauswärts. Kurz darauf sahen sie schon den Trecker des Bauern. Dieser stand aufgeregt am Wegesrand. „Guten Morgen, die Herren." „Guten Morgen. Sie hatten angerufen?" Der Landwirt nickte nur und erzählte, dass er unterwegs zum Feld wäre und dann die beiden Räder mitten auf dem Weg liegen sah. Dabei zeigte er auf einen Brandkreis. Er regte

sich darüber auf. „Was soll so ein Vandalismus? Haben die Menschen nur noch Hirse im Kopf?" Die Beamten sahen sich die Sache an. Der Brandkreis sah in ihren Augen schon ein wenig merkwürdig aus. Es gab nicht einen Hinweis auf Brandstiftung. Sie nahmen die Sache auf. Machten noch ein paar Fotos von dem Kreis und luden dann die beiden Räder ein. Sie hofften, aufgrund der Registrierungsnummer der Räder die Besitzer zu ermitteln. Kurz meldeten sie der Zentrale den Sachstand. Danach machten sie kehrt und fuhren zur Dienststelle.

Die Überprüfung der Fahrräder ergab zwei Treffer. Aus der Zentrale rief Kommissarin Steffen bei den Eltern an. Familie Winter war zuhause. Heidi Steffen erfuhr, dass Maik mit seiner Freundin Elli gegen Mittag auf den Weg zum Freibad Unna gemacht hat. Nun waren die Eltern besorgt. Es war absolut nicht Maiks Art, so einfach das Rad irgendwo liegen zu lassen. Und auch Elli sei eine vernünftige Person. Nach dem Telefonat war Heidi nachdenklich. Sofort rief sie im Freibad an. Dort wurden die beiden Jugendlichen sofort ausgerufen. Ohne Ergebnis.

Die Kommissare Herrhaus und Schulte waren schon wieder auf Streifenfahrt. Die Zentrale schickte sie noch einmal in den Bornekamp. „Dann wollen wir uns im Nahbereich der Stelle mal umsehen." Klaus Herrhaus ging ein Stück in das rechte Feld.

Aber es waren nirgendwo Spuren von den Jugendlichen. Auch die Befragung von mehreren Spaziergängern war eine Sackgasse. Die Jugendlichen waren wie vom Erdboden verschwunden. Als nächstes führte der Weg der Polizisten zum Freibad. Ein paar Freunde von Maik und Elli waren da. „Habt ihr eure beiden

Freunde heute gesehen?" Schulte fragte in der Runde nach.
Alle verneinten die Frage. Auch war keinem bekannt, warum Maik und Elli verschwinden sollten. Langsam wurde der Fall mysteriös.

... ...

Maik und Elli sind in einem kargen Raum mit grauen Betonwänden aufgewacht. Zu ihrem Erstaunen tragen beide gelbe Anzüge. In dem Raum stehen ein Tisch und zwei Stühle, sowie zwei Betten. Und in einer Wand ist eine Stahltür. „Wo sind wir? Was ist passiert?" Elli hat Angst. Maik sitzt nur da. Er ist absolut fassungslos.

Von irgendwo hören sie Stimmen. Sehr gedämpft. Die Kamera über der Tür hatte Maik schon entdeckt. Sofort machte er Elli darauf aufmerksam. Beiden überkam ein mulmiges Gefühl.

... ...

Mittlerweile waren die jungen Winter und Klausen ein Vermisstenfall. Seit über 48 Stunden waren beide schon unauffindbar. Auch der Sucheinsatz der Dortmunder-Hundertschaft hatte keinen Erfolg. Es war für alle zum Verzweifeln. Da klingelte das Telefon von Schulte: „Kommissar Schulte" Am anderen Ende war der UnnaBlitz. Ein örtliches Nachrichtenportal. „Hallo, Linke vom UnnaBlitz. Haben sie schon nähere Informationen zu dem aktuellen Vermisstenfall?" Leider musste Schulte zugeben, dass die Polizei absolut im Dunkeln tappte.

Es sind schon über zwei Wochen ohne Ergebnis vergangen. Schulte und Herrhaus saßen im Büro und brüteten über den kargen Infostand zu dem Fall nach. Gerade als Manfred Schulte aufstand, um sich einen Kaffee zu holen, klopfte es an der Tür. „Herein" Herrhaus schaute zur Tür. Zwei Herren traten ein. Der hintere Herr kam sofort zur Sache. „Meissen, mein Name. Volker Meissen, BKA." Der zweite Herr stellte sich als Freddy Volkmann vom LKA vor. Die beiden Kommissare schauten mehr als verblüfft. „Welche Ehre beschert uns denn ein so hoher Besuch?" Manfred stand immer noch an der Kaffeemaschine.

„Es geht um die beiden vermissten Teenager. Wir wissen da ein wenig mehr drüber." Klaus Herrhaus dachte, er hörte nicht richtig. „Wie war das? Das BKA weiß mehr über unseren Fall?" Freddy Volkmann holte eine dünne Akte aus seinem Koffer. „Wir wissen nicht mehr über ihren konkreten Fall. Aber wir haben dutzende gleichgelagerte Fälle in ganz Deutschland. Und alle haben eines gleich, einen unerklärlichen Brandring. Und daraufhin wurden wir zu ihrer Unterstützung geschickt." Klaus dachte nach. ‚So viele Fälle deutschlandweit? Da steckt wohl mehr hinter.' Manfred schaute die beiden Fremden an: „Wie viel Entführungs- opfer sind denn wieder aufgetaucht?" Volker Meissen musste zähneknirschend zugeben, dass nicht ein einziges Opfer wieder aufgetaucht sei. Volkmann entgegnete: „Ganz im Gegenteil. Wir haben nirgendwo auch nur die geringste Spur. Absolut nichts. Fast alle Opfer sind am helllichten Tag verschwunden. Und immer war da dieser Brandring. Aber daran war nicht die geringste Spur von Brandbeschleuniger. Auch der Ring brachte uns nicht einen Millimeter weiter." Alle Vier saßen im Büro und schwiegen. Das Telefon klingelte. Manfred ging ran. Es war Heidi Steffen. Der Landrat und Leiter der Kreispolizeibehörde wollte gern einen Bericht zu der Sache haben.

Landrat Silbermann, als Leiter der Kreispolizeibehörde Unna, war über den Entführungsfall auch sehr erschüttert. Er hatte den Bericht auf seinem Schreibtisch. Kurz reingeschaut, sah Silbermann, dass es eigentlich null Erkenntnisse gab. Noch ehe er sich anderen Akten zuwenden konnte klopfte es an die Tür. Seine Vorzimmerdame kündigte unangemeldeten Besuch an. Und schon stand ein älterer grauhaariger Mann im Büro. „Guten Morgen. Mein Name ist Veller. Oberregierungsrat Veller." Landrat Silbermann war ein wenig irritiert. „Guten Morgen. Was kann ich für sie tun?" Veller nahm Platz und kam gleich zur Sache. „Ich habe da ein Problem. Es geht um den Entführungsfall Maik Winter und Elli Klausen. Meiner Behörde und mir wäre es sehr lieb, wenn man den Fall zu den Akten legen könnte. Und diese Akten würde ich dann gern mitnehmen". Der Landrat dachte er hätte sich verhört. Dann atmete er tief durch. „Mein lieber Herr Veller. Ich sage mal so. Ich habe das gerade nicht gehört. Wie kommen sie eigentlich dazu, unangemeldet hier herein zu platzen und dann so einen Quatsch zu fordern. Von welcher Behörde sind sie eigentlich? Können sie sich ausweisen?" Wortlos griff Veller in seine Innentasche und zog einen Ausweis heraus. Sonderbeauftragter des Bundesinnenministeriums ZBV. Silbermann staunte nicht schlecht. Der 1,90 Meter Mann stand langsam hinter seinem Schreibtisch auf. „Bundesinnenministerium. Was bitte wird hier gespielt? Und woher wissen die davon?" Er starrte den kleinen grauhaarigen Mann an. Der Landrat schätze ihn als einen gefährlichen Mann ein. Veller saß ganz ruhig vor dem Schreibtisch „Ich sage mal so. Betrachten sie meine Bitte als Anweisung von ganz höchster Stelle. Es geht auch um unsere Sicherheit." Sagte es und holte eine Mappe aus seiner Aktentasche. Daraus übergab er

Silbermann eine Anweisung, unterschrieben vom Innenminister des Bundes und von NRW. Silbermann schaute erschüttert auf das Dokument. „Dürfte ich nun bitten, dass sie die ermittelnden Beamten dementsprechend anweisen. Meine Kollegin ist auf dem Weg zur der Polizeidienststelle um das Material entgegen zu nehmen. Ihr Name ist Regierungsrätin Christine Mansfeld." Silbermann schluckte hörbar, doch dann nahm er das Telefon und rief Manfred Schulte an: „Hier Landrat Silbermann. Herr Schulte. Gleich wird eine Regierungsrätin Mansfeld bei ihnen auftauchen. Übergeben sie ihr bitte alles Material zu dem Fall Winter/Klausen."

Kommissar Schulte protestierte sofort. Aber Silbermann bekräftigte seine Anweisung nochmal. Veller saß noch immer ruhig auf seinem Stuhl und hörte zu. Dann verlangte er noch so nebenbei die Akte vom Schreibtisch. „Dass über die Sache Stillschweigen zu herrschen hat, versteht sich von selbst." Danach stand er auf und reichte dem Landrat die Hand. Frech bedankte er sich noch für die Zusammenarbeit.

Schulte verstand die Welt nicht mehr. Er erzählte den anderen Beamten die Sachlage. Herrhaus aber meinte, so geht das nicht. Sofort rief er den Dienststellenleiter an. Doch seine Hände waren gebunden, denn er hatte inzwischen Besuch von Christine Mansfeld. Ungläubig starrte er das Telefon an. Volker Meissen und Freddy Volkmann schauten sich erstaunt an, als der Name Mansfeld fällt. Überaus eilig verabschiedeten sie sich. Im gleichen Augenblick rannte Herrhaus mit der Akte raus. Schulte schaute verblüfft hinterher. Draußen hörte man den Kopierer arbeiten. ‚Schlaues Kerlchen', dachte Manfred, lehnte sich zurück und trank einen Schluck Kaffee. Schon kam Klaus wieder ins Büro zurück und legte die Akte in die Ablage... trank auch seinen Kaffee. Kurz darauf trat schon der Dienststellenleiter in Begleitung von Regierungsrätin Mansfeld ins Büro. „Bitte übergeben sie der Regierungsrätin alles Material, was sie von dem Fall haben. Die Sache geht in Ordnung." Dabei wedelte er mit genau seinem Formular, welches auch Silbermann vorgelegt wurde. Schulte zeigte nur stumm auf die Ablage. Mansfeld nahm die Akte und schon war sie in seinem Koffer verschwunden. "Von dieser Sache darf nichts weiter nach außen dringen. Ich hoffe, das ist klar." Grußlos stand sie auf und ging. Klaus kniff Manfred ein Auge zu.

... ...

Die schwere Metalltür öffnete sich. Zwei ganz in schwarz gekleidete Männer brachten Elli zurück in die Zelle. Sie sah total fertig aus. „Elli, alles klar mit dir?" Maik nahm sie in den Arm. „Sie wollten immer wissen, wieviel Sprachen ich spreche. Und ob ich schnell eine neue Sprache lernen und verstehen kann. Was wollen die nur von uns?" Maik dachte an seine letzte Befragung. Immer wieder prüften sie seine Mathematik und Physikkenntnisse. Und auch ihn fragten sie immer wieder, wie schnell und gut seine Auffassungsgabe in diesen Fächern wäre. Es waren mehrere Wissenschaftler dabei. Und überall die schwarz gekleideten Wachleute. Die waren echt furchteinflößend.

Mittlerweile wussten beide nicht mehr, wie lange sie hier waren. Und erst recht nicht, warum. Seltsam war nur, dass beide immer wieder zu ihren besten Fächer befragt wurden.

... ...

BKA Beamter Meissen und Volkmann vom LKA, saßen in einem Café auf dem Unnaer Markt. Hier fühlten sie sich unbeobachtet und relativ sicher. „Was zum Teufel macht die Mansfeld hier?" Volkmann runzelte die Stirn. „Bessere Frage. Was hat der BND mit der Sache zu tun?" Volker Meissen guckte sich seine Akte noch einmal genau an. Es war bestimmt das zehnte Mal in der letzten halben Stunde. Dann war plötzlich sein Handy in der Hand.

„Meissen hier. Es ist etwas sehr Außergewöhnliches passiert. Der BND interessiert sich für die Sache in Unna. Versuch' doch einmal herauszubekommen, was denen an der Sache so wichtig ist... ja... OK, ruf mich so schnell wie möglich zurück. Danke, Sandra. Ciau."

Meissen hatte mit seiner Dienststelle telefoniert. Freddy schaute ihn nur an. „Und was machen wir nun?" „Wir beobachten nur und halten uns im Hintergrund." Volker trank seinen Tee und genoss seine Zigarette. Es war ein schöner Tag und viele Menschen schlenderten über den Markt. Die zwei Männer an dem Tisch vor dem Café fielen nicht weiter auf.

Linke vom UnnaBlitz hatte eben den gefühlt hundertsten Anruf zu einem Thema geführt. Sie wollte der Sache nachgehen. Zig Leute hörten in den letzten Tagen abends und in der Nacht andauernd Hubschrauber. Die landeten und starteten offensichtlich in der Kaserne. Und dieses war sehr ungewöhnlich. Ihr Anruf in der Kaserne war total für die Katz. Angeblich war nicht mehr Luftbewegung als üblich. Der Pressesprecher der Kaserne war wie immer... ätzend. Linke saß in ihrem Büro und ließ sich noch einmal alles durch den Kopf gehen. ‚Irgendetwas stimmt doch da nicht. An der Sache werde ich dranbleiben.'

Die Polizisten Klaus und Manfred hatten sich vorgenommen, die Sache unter der Hand weiter zu verfolgen. Zu viele Ungereimtheiten. Und dann diese Aktion mit der Mansfeld. So etwas hatten beide in ihrer langen Dienstzeit noch nicht erlebt. Die Sache stank zum Himmel.

Sie waren wieder auf Streifenfahrt. Heidi war eingeweiht und hatte ihre Streife auch durch Billmerich gelegt. So fuhren beide in das Dorf. Als erstes hielten sie bei Familie Klausen. Noch einmal gingen sie mit der Mutter alles durch. Neue Erkenntnisse ergaben sich jedoch nicht. Genau wie bei Familie Winter. Auf dem Rückweg nach Unna fuhren sie die Bornekampstraße. Schon von Weiten sahen sie einen kleinen grauhaarigen Mann, genau an der Stelle mit einem Maßband. Der Mann sah den Polizeiwagen und hatte es plötzlich sehr eilig. Dennoch erreichten Herrhaus und Schulte den Fremden schnell. „Guten Morgen. Was bitte machen sie denn hier? Können sie sich ausweisen?" Der Mann spielte den Unwissenden. Er hätte von der Sache gehört, wäre neugierig und hatte sich den Brandring angeschaut. Und rein zufällig hätte er ein Maßband in der Tasche gehabt. Das Gerede beeindruckte die beiden Beamten eher wenig. Nochmal fragten sie nach den Papieren. Nun händigte der Fremde einen Ausweis aus. Karl Veller aus Köln. „Da sind sie aber weit von zuhause entfernt. Hört man schon bis Köln von dem Entführungsfall?" Herrhaus sah den Fremden streng an. „Meine Herren. Ich bin zu Besuch in Unna. Und da habe ich rein zufällig von der ominösen Sache gehört." In der Zwischenzeit ließ Schulte Veller überprüfen. Soweit war alles normal. Nur war absolut nichts im Register. Noch nicht einmal ein Parkverstoß. Heidi wollte da noch ein wenig tiefer bohren. Das würde aber ein wenig dauern. Nach der Kontrolle fuhren sie weiter ihre Streife. Veller schaute ihnen misstrauisch hinterher. Er telefonierte sofort mit Mansfeld. „Gerade war die Polizei an der Stelle. Sie haben mich überprüft. Das gefällt mir absolut nicht. Du bist sicher, dass du alle Akten hast?" Mansfeld bestätigte, dass sie alles hatte und, dass beide Kommissare zum Stillschweigen vergattert worden sind. „Die behalte ich im Auge. Ich traue den beiden Polizisten nicht." Veller war ein wenig unruhig. Er dachte an das Projekt. Es war ihm nicht wohl zumute.

Klaus und Manfred waren am Freibad angekommen. Auch hier war die nochmalige Befragung von Freunden der Vermissten ins Leere gelaufen. Auf dem Rückweg zum Dienstwagen lief den Kommissaren Linke über den Weg. Sie sah ein wenig aufgeregt aus. „Hallo, Frau Linke. Und... wieder einer Story auf der Spur?" Herrhaus war für seinen trockenen Humor bekannt. „Kann man so sagen. Ich war bei einem Anwohner der Kaserne. Da sollen des Nachts seltsame Dinge vorgehen. Nun will ich noch mit dem Bademeister sprechen. Er wohnt ja gegenüber vom Kasernentor. Mal schauen ob der Näheres weiß." Manfred wurde neugierig. Er fragte, was denn so an der Kaserne vorgeht. Linke erwähnte, die nächtlichen Hubschrauberflüge und die ätzende Abweisung durch den Kasernenpressesprecher. ‚Sehr interessant', dachte sich Manfred so. ‚Werde nachher mal Heidi Steffen fragen, ob wir darüber was haben'. Wie auf Kommando ging das Funkgerät. Dran war Heidi Steffen aus der Zentrale. Sie wollte nur durchgeben, dass es bei Veller nichts Weiteres gab. Ein total unbeschriebenes Blatt.

Langsam führte der Weg der Streife durch die Fußgängerzone auf den Markt. Alles war ruhig wie immer. Am Café sah Schulte zwei

bekannte Gesichter. Also hielten sie an und gingen kurz rüber.
„Sie waren aber schnell verschwunden." „Nun ja, wir wollten nicht
dem BND in die Arme laufen." Herrhaus stutzte: „BND? Die
Mansfeld hat sich als Regierungsrätin ausgewiesen." Volker
Meissen erklärte den Beamten, dass er die Mansfeld von früher
kennt. Sie hatten schon zusammen mehrere Einsätze. „Mal eine
Frage", Klaus überlegte kurz, „ist ihnen der Name Karl Veller
geläufig?" Volkmann und Meissen wurden blass. „Das war klar. Wo
die Mansfeld ist, kann der Veller auch nicht weit sein." So erfuhren
die beiden Beamten, dass Veller und Mansfeld ein Einsatzteam
vom BND waren. Viel mehr wusste Meissen aber auch nicht.
Alles geheim. Nur so viel… die zwei Beamten waren absolute
Spitze in ihrem Job. Klaus schaute Manfred entsetzt an. „Dieser
Kerl. Darum war der an der Stelle. Und darum hat Heidi auch
absolut nichts gefunden über den Typ." Manfred stand stumm da.
Die ganze Sache wurde immer dubioser. Was hat der BND
verdammt noch mal damit zu tun?

Linke stand vor dem Kasernentor. Sie beobachtet das Treiben
dort. Auffällig war ihr bisher nur ein Zivilwagen mit Kölner
Kennzeichen. Dieses Fahrzeug konnte ungehindert in den
Kasernenbereich fahren. Sie fragte sich warum. Auch die
Insassen, eine Frau und ein Mann, waren wohl Zivilisten. Der
Wagen fuhr mit mäßiger Geschwindigkeit weiter ins Innere der
Kaserne. Sie hatte sich die Nummer notiert. Nachher im Büro
würde sie versuchen, irgendwas über die Nummer heraus zu
finden.

Die Recherche über die Nummer hatte nichts ergeben. Auch ihr
Anruf bei ihrer Freundin Heidi Steffen brachte nicht viel. Sie

wusste nur, dass der Wagen bei der Kölner Im und Exportfirma ImpoEx gemeldet war. ‚Na toll. Was wollen zwei Vertreter so einer Firma bei der Bundeswehr?' Nun suchte sie im Internet nach der Firma. Alles sah ganz normal aus. Bis auf... ja, bis auf die Umsätze. Für eine Firma mit fast 50 Mitarbeitern sind knapp 600.000 Euro im letzten Jahr sehr wenig Umsatz. Nun war die berufliche Neugierde von Linke geweckt. Sie spürte, dass da irgendwas nicht stimmte.

Es war Feierabend. Herrhaus nahm sein Fahrrad und fuhr runter in den Vorort Königsborn. Vorbei am Bahnhof Unna kam er kurz darauf in den Kurpark. Langsam rollte er vorbei an Familien mit Kindern und an Rentnern. Beim Fahren schaute er sich den Park an. ‚Hier könnte auch mal wieder Hand angelegt werden.' Versunken in Gedanken, übersah er fast die vier Gestalten abseits des Weges. ‚Moment, die kenne ich doch.' Es waren die Mansfeld, Veller und der Kasernenkommandant. Den Vierten kannte er nicht. „Was zum Teufel haben die beiden Vögel vom BND mit dem Oberst am Hut? Und wer ist der muskulöse Hüne dabei?" Murmelnd bremste er ab, holte sein Handy raus und machte unauffällig mehrere Fotos. Dieses Treffen interessierte Klaus ungemein. ‚Morgen werde ich die Sache überprüfen.' Von hier aus hatte er nur noch einen kurzen Weg bis nach Hause. Gleich hinter dem Bahnhof Königsborn.

Sofort am nächsten Morgen zu Dienstbeginn zeigte er Manfred die Fotos. Auch der fand die ganze Sache langsam mehr als mysteriös. Da erinnerte sich Klaus an das Gespräch mit Linke. Hatten vielleicht die Hubschrauber damit zu tun? Er hatte auch ganz vergessen, mit Kommissarin Steffen zu reden. ‚Nun ja... das werden wir sofort nachholen' Mit diesen Gedanken ging er nach unten zur Zentrale. Heide hatte auch kurz Zeit. So fragte er nach Beschwerden über nächtliche Hubschrauberflüge im Bereich der Kaserne. Und siehe da… Heide hatte mehrere davon. Auch wunderten sich Anwohner über das vermehrte nächtliche Verkehrsaufkommen am Kasernentor. „Schon alles seltsam. Der Vermisstenfall, dann kommt das BKA, das LKA und dazu noch der BND. Dessen Agenten schnüffeln hier herum. Konfiszieren alle unsere Akten. Nun, gestern das ominöse Treffen und dann die Hubschrauber." Heidi erzählte ihm davon, was Linke noch herausgefunden hatte. Lieb fragte Klaus, ob sie ihm eine Akte zusammenstellen könnte. Er hätte nicht zu fragen brauchen. Alles was sie wusste, hatte sie schon fertiggemacht. Klaus nahm die Akte dankend entgegen und ging zurück zum Büro. Dort vervollständigte er sie mit den Erkenntnissen, die sie hier hatten. Manfred war am Telefonieren. Landrat Silbermann war am Telefon. Beide waren per „du", da sie Nachbarn waren. Auch Silbermann war noch sauer, dass alle Akten zu dem Fall eingezogen wurden. Mit einem Lächeln entgegnete Manfred, dass sie noch Kopien und alle neuen Erkenntnisse mit in ihrer Akte hatten. Natürlich würden sie dem Landrat sofort Kopien erstellen und schnellstens zukommen lassen. Nach dem Telefonat sprachen die beiden Kommissare die Akte noch einmal Stück für Stück durch. Die Kernfrage war: Was hatten die Vermissten mit alledem zu tun.

Linke hatte nicht viel mehr über die Firma rausbekommen. Nur eins, und da klingelten die Alarmglocken, eine Filiale war an der Kamener Straße gemeldet, in der Nähe der Kaserne. Sie war bei dieser Information wie elektrisiert. Was hatte das alles auf sich.

Ihr Handy summte. „Hier Kommissar Herrhaus. Frau Linke... wir müssen uns dringend treffen. Aber nicht in der Dienststelle. Wie wäre es in der Kneipe BEI ROSI am Königsborner Markt? OK... sagen wir um 19 Uhr. Gut. Bis später dann." Linke kannte Herrhaus. Sowas war mehr als ungewöhnlich für ihn. ‚Aber OK. Ich bin ja gespannt, was er für mich hat. Oder was er wissen möchte.‘ Sie hatte noch Zeit und erledigte ein paar Artikel für die Onlineausgabe vom UnnaBlitz.

... ...

Maik wurde wieder aus der Zelle geholt. Diesmal legte man ihm Formeln vor. Er sollte sie in kürzester Zeit berechnen. Aber was da vor ihm lag, hatte er noch nie gesehen. Er verstand es nur Ansatzweise. Er hatte das Gefühl, es könnte sich um etwas aus der Relativitätstheorie handeln. Aber was er da genau vor sich hatte, war für Maik ein großes Rätsel. Etwas irritierte ihn. Einer der Wissenschaftler sprach in einem grässlichen Dialekt. Nach gut einer Stunde brachten zwei Wachen den Gefangenen zurück in die Zelle. Mit einem leichten „Bumm-Ton" schloss sich die Tür hinter ihm. Aber Maik musste sofort mit Elli reden. „Sag' mal. Ist dir irgendwas hier aufgefallen?" Elli verneinte. „Ich hab mal darauf geachtet. Keine Fenster aber dafür eine Belüftungsanlage. Ich wette, wir sind unter der Erde." Elli überlegte. Jetzt wo ihr Freund das sagte, fiel es ihr auch auf. Nur künstliches Licht. Und immer ein leichter Luftstrom in den Gängen. Aber die Temperatur war angenehm. In dem Moment öffnete sich die Klappe in der Tür. Es wurden zwei Teller mit Essen und vier Flaschen Wasser durchgeschoben. Alles ohne einen Kommentar. Und wie immer ging nach dem Essen das Licht aus.

… … …

Es war kurz vor 19 Uhr; und BEI ROSI war es noch relativ leer.
Herrhaus und Schulte waren nicht allein, Landrat Silbermann
begleitete sie. Manfred Schulte hatte die Meinung, dass der
Landrat bei dem Treffen dabei sein sollte. In Funktion als Leiter
der Kreispolizeibehörde. Die drei Männer saßen noch nicht ganz
an einem der Biergartentische, als Linke eintraf. Nachdem sie
Platz genommen hatte, fing auch gleich ein Gespräch an. Herrhaus
fragte, ob sie neue Fakten hätte. Linke präsentierte alles was sie
hatte. Silbermann bekam große Augen. „Das ist ja der Hammer."
Auch Herrhaus war über die Neuigkeiten mehr wie erstaunt.
Silbermann meinte man müsste sehr vorsichtig sein. Herrhaus
war der gleichen Meinung. Alles schien miteinander zusammen zu
passen. Mit einem Schlag stand BKA Beamter Meissen am Tisch.
„Darf ich mich setzen?" Alle nickten zustimmend. „Also, wenn
schon ein konspiratives Treffen, dann will ich doch auch das
Beisteuern, was ich weiß. Also... die Kaserne scheint ein wichtiger
Stützpunkt des BND zu sein. Die Tarnfirma ImpoEx hat in der
Kaserne eine Niederlassung. Nun verrate ich ihnen
Geheimmaterial. Diese Tarnfirma ist eigentlich die Abteilung X
vom BND. Das einzige, was diese Abteilung macht, ist, alles rund
um UFOs und Begegnungen der ersten, zweiten und dritten Art
auszuwerten. Vielleicht auch mehr. Das wissen wir vom BKA aber
nicht genau. Offenbar residiert diese Außenstelle der Abteilung X
in den alten Atombunkern unter der Kaserne. Es gehen immer
wieder Gerüchte um, dass diese Abteilung mit Außerirdischen
zusammenarbeitet. Lange Zeit hielten wir das für absoluten
Quatsch. Aber in letzter Zeit verdichteten sich Indizien dazu. Und
wir haben beim BKA auch ermittelt. Es wurden immer Schüler

entführt, die in vier Fächern Spitze waren. Sprachen, Chemie, Physik und Mathematik. Jeder einzelne Fall für sich, sieht harmlos aus. Aber alle zwölf Fälle zusammen, soviel haben wir bisher zuordnen können, werfen doch so manche Frage auf. Und bei allen Entführungen war ein Brandring. Und... wir haben einen Zeugen zu einem der Fälle. Es war ein Obdachloser. Aber er trinkt keinen Tropfen. Er hat immer von einem plötzlich dagewesenen Spiegel in der Luft geredet. Natürlich hat das niemand geglaubt. Das war der erste Fall. Und er sah, wie zwei Jugendliche einfach hinein gezogen wurden. Aber sie kamen nicht auf der anderen Seite heraus. Und in dem Spiegel sah er etwas ganz anderes, als die Umgebung. Nachdem der Spiegel verschwunden war, blieb nur der Brandkreis zurück. Und der war ganz leicht radioaktiv. Das konnten wir damals messen. Aber keine Sorge. Es war so gering, dass es nicht schädlich ist". Keiner sagte etwas. Alle schauten nur Meissen ungläubig an. „Warum haben wir nicht eher davon erfahren?" Silbermann war leicht sauer. Manfred dachte angestrengt nach. ‚Irgendwie müssen wir in die Kaserne kommen. Unter einem simplen Vorwand.' So langsam kam ihm eine Idee. „Frau Linke... wie wäre es, wenn sie ein Interview mit dem Kasernenkommandanten arrangieren. Es wird ihnen doch bestimmt ein Thema einfallen. Und während des Gespräches kommen sie rein zufällig auch auf die alten Atombunker zu sprechen." Linke schaute starr geradeaus. Nun bekam die Sache langsam gefährliche Züge. Während sie noch diskutierten, flogen drei schwarze Hubschrauber über sie hinweg. Ziel war die Kaserne.

Veller stand mit Mansfeld und dem Oberst an einem der unscheinbaren Gebäude, welche im Abseits standen. Offiziell war es schon lange leerstehend. Die Tür öffnete sich und heraus kamen zwei der schwarzen Wachen. „Herr Oberst, Herr Veller. Drei von unseren Adlern sind im Anflug. Wir fahren nun die Plattform aus." Die Plattform war eigentlich ein großer Fahrstuhl auf dem die Hubschrauber landeten um dann sofort unter die Erde gefahren zu werden. So wurde gewährleistet, dass keine unbefugte Person sah, was hier vor sich ging. Nacheinander landeten die Hubschrauber und verschwanden unter der Erde.

Im Gebäude befand sich ein hoch gesicherter Fahrstuhl. Damit fuhren die fünf Personen dann 50 Meter unter die Erde. Unten war alles hoch modern eingerichtet. Ein Treppenhaus war auch vorhanden.

Auf ihren Rundgang kamen alle an den Zellen vorbei. Veller sprach leise. Es ging um das Projekt und eine Verzögerung. Man sei immer noch nicht weiter mit der Kommunikation. Und mit den Spiegeln komme man auch nur sehr langsam vorwärts.

... ...

Elli wurde wieder geholt. Diesmal musste sie sich Kopfhörer aufsetzen. Man spielte ihr seltsame Töne vor. Diese Töne waren rhythmisch und oft schienen sie sich zu wiederholen. Mehr konnte sie beim besten Willen nicht herausfinden. Sie fragte sich, was diese Töne bedeuten würden. Niemand hatte dazu bisher etwas gesagt. Immer wieder musste sie sich die Tonfolge anhören. Auf einem Bildschirm vor ihr waren die Töne visualisiert.

Auch Maik war zwischenzeitlich geholt worden. Man legte ihm Formeln vor. Ein Teil dieser Formeln waren aber nicht abgeschlossen. Manche machte für Maik überhaupt keinen Sinn. Es ging wohl um Energiefluss und um Energieübertragung. Aber dennoch kamen Maik viele der Formeln sinnlos vor. Die Grundsätze der Physik wurden manchmal auf den Kopf gestellt. Er versuchte aber, alles so gut wie möglich zu lösen. Auch ihm wurde keine einzige Frage beantwortet. Nach über einer Stunde wurde er wieder Richtung Zelle geführt. Durch eine zufällig offenstehende Tür sah er etwas Unheimliches. In einem Glas-Tank war ein entfernt menschliches Wesen zu sehen. Aber bevor er noch einen Blick darauf werfen konnte, wurde Maik harsch weitergestoßen.

Die Zellentür schloss sich hinter ihm. Elli war auch wieder da. Sie berichtete ihm gleich von den seltsamen Aufgaben. Dann ließ Maik die Bombe platzen: „Ich hab da etwas Unglaubliches gesehen. In einem gläsernen Tank war ein menschenähnliches Wesen. Leider konnte ich nur ganz kurz gucken. Es war wohl versehentlich eine Tür auf. Du wirst mich jetzt wohl auslachen... aber es sah aus wie ein Alien." Elli wurde schlagartig alles klar. Was ihr da vorgespielt wurde, war bestimmt die Alien-Sprache. Und weil sie nun einmal ein Ass in Sprachen war, ist sie hierher gebracht worden, um diese Sprache zu entziffern und verstehen. Und Maik mit seinen fundierten Kenntnissen in Physik und Mathe, war vielleicht wegen dem Objekt vom Weg hier. Sie wurden hier wohl festgehalten, damit den Wissenschaftlern hier Unterstützung geleistet würde. Maik ging im Kopf nochmal einige der Formeln durch. Er kam immer nur bis zu einer bestimmten Stelle. Alles danach widersprach der Allgemeinen Relativitätstheorie.

Schlagartig öffnete sich die Tür. Ein kleiner, grauhaariger Mann kam herein. „Mein Name ist Veller. Ich leite hier diese Station.

Leider haben sie, Herr Winter, etwas gesehen, was sie nicht hätten sehen dürfen. Denn was sie gesehen haben, ist höher eingestuft, als strenggeheim. Aber da sie nun wohl schon ahnen, um was es uns hier geht, kann ich auch ganz offen mit ihnen reden." Veller erzählte aber nur immer so viel, dass beide ihre Aufgaben verstanden. Mit der Zeit wurde das Interesse von Elli und Maik immer mehr geweckt. Das Wesen im Tank war wirklich ein Alien. Und bisher ist es nicht gelungen zu kommunizieren. An dieser Aufgabe war Elli am Arbeiten. Und Maik wurde auserwählt um die Technik der Spiegel zu erforschen. Es waren keine Spiegel, sondern Geräte, die wie in Star Trek, Personen von A nach B und auch zurück beamen können. Das Ein und Ausschalten habe man durch langes Forschen verstanden. Aber das technische Prinzip an sich, ist immer noch ein Geheimnis. Darauf hatte man Maik angesetzt. Und die Freunde erfuhren noch, dass ein Raumschiff in der Eifel niedergegangen war. Daraus kam der Fremde als einziger Überlebender. „Ihnen muss aber klar sein, dass sie nicht wieder in ihr altes, normales Leben zurückkehren können und werden. Durch diese geheime Forschung werden sie für den Rest ihres Lebens unter der Obhut von Abteilung X bleiben. So leid es mir tut. Das sind die Fakten." Elli und Maik saßen auf den Stühlen und brachten kein Ton heraus. Veller drehte sich grußlos um und ging hinaus. Hinter ihm schlug die schwere Tür zu. Elli fing bitterlich zu Weinen an, ohne dass Maik sie trösten konnte.

… … …

Freddy Volkmann umrundete unauffällig die Kaserne. Besonders interessierte ihn das Kasernentor am alten Gleisanschluss. Von hier könnte man ungesehen auf das Gelände kommen. Und er hatte auch durch Zufall gesehen, wo die Hubschrauber niedergingen. Es war nicht sehr weit von dem Tor entfernt. Er machte von den örtlichen Gegebenheiten Fotos. Kurz darauf ging er wie ein zufälliger Spaziergänger langsam zum Hotel an der Kamener Straße zurück. Volker Meissen saß schon an der Bar und genoss ein kühles Bier.

Am nächsten Morgen sind die beiden Kommissare wieder auf Streifenfahrt. Wie geplant ging ihre Streife auch in die Nähe der Kaserne. Linke hatte auch schon angerufen. Sie hatte am Nachmittag des Tages einen Termin beim Oberst. Angeblich für eine Story zur Geschichte der Kaserne. Herrhaus und Schulte fuhren dreimal langsam am Kasernentor vorbei. Aber es war absolut nichts Ungewöhnliches zu sehen. Das Handy von Manfred summte. Es war Silbermann. Er hatte ein paar Telefonate geführt. Und siehe da, er hatte nun die Steuernummer der Firma ImpoEx. Und auch noch ein paar zusätzliche Informationen. So auch, dass der Niederlassungsleiter ein gewisser Herr Karl Veller war... so ein Zufall aber auch. „Die Sache stinkt weiter als bis zum Himmel." Herrhaus war wütend. Er würde jede Wette eingehen, dass die entführten Jugendlichen in der Niederlassung der ImpoEx gefangen waren. Nur beweisen konnten sie nichts. Auch konnten sie nicht so mal eben als Polizisten in die Kaserne gelangen. Weiter wie bis zur Wache kämen sie nicht. ‚Aber mal schauen was die Linke so alles rausfinden würde'. Über den Vorort Massen steuerten die Beamten langsam die Dienststelle an.

Linke wartete am Kasernentor. Sie würde gleich abgeholt und zum Oberst gebracht. Nervös hielt Sie ihre Kamera, Block und Diktiergerät bei sich. Ein Soldat näherte sich dem Tor. Er stellte sich als Adjutant des Kasernenkommandeurs vor. Gemeinsam betraten sie ein Gebäude und schritten auf ein Büro zu. Der Soldat klopfte kurz. Von innen kam ein energisches Herein. Linke wurde kurz angemeldet. Danach zog sich der Adjutant zurück. „Guten Morgen, Frau Linke. Ich freue mich außerordentlich, dass wir uns mal wieder treffen." Freundlich reichte er Linke die Hand. Es fing mit einem belanglosen Smalltalk an. Nach kurzer Zeit fing Linke mit den Fragen an. Vom Alter der Kaserne, über deren Funktion, bis zur Belegung. So wie ganz Nebenbei fragte sie auch nach den Atombunkern aus dem Kalten Krieg. Bei diesem Thema änderte sich die freundliche Miene des Obersts deutlich. Sein Antworten wurden ausweichend und nichtssagend. „Die ganzen Anlagen sind schon Jahre stillgelegt. Und es gibt auch keine Zugänge mehr. Dieses Kapitel haben wir zum Glück hinter uns." Nun fragte sie nach einer kleinen Führung durch die Anlage. Vielleicht könnte sie ja noch ein paar Gebäude fotografieren. Widerwillig stimmte der Kommandeur zu.

Sie hatten den Rundgang fast geschafft. Nun tauchte das extra eingezäunte Gebäude der ImpoEx auf. „Was ist denn bitte das?" Linke machte bei der Frage unauffällig ein paar Fotos. „Das ist eine Niederlassung einer Privatfirma. Wir als Bundeswehr arbeiten eng mit der Firma zusammen. Im Logistikbereich. Leider kann ich ihnen das nicht näher präsentieren, da es verpachtetes Gelände ist." Damit schien die Sache für den Oberst erledigt zu sein. Aber Linke sah noch, wie zwei schwarz gekleidete Männer aus dem Gebäude kamen. Und diese Männer sahen nicht gerade wie Logistiker aus. Eher wie Soldaten. Auch von den Personen konnte sie schnell ein Foto schießen. „Wo waren denn früher die Zugänge zu den Bunkern?" Neugierig fragte Linke. Wortlos deutete der

Oberst auf das eingezäunte Gebäude. Auf dem Rückweg zum Kasernentor erklärte der Kommandeur ihr noch, was in nächster Zeit investiert werden soll. Alles eher belanglos.

Linke berichtete Schulte alles sofort per Handy. Nachdem er sich mit Klaus ausgetauscht hatte, rief er den Landrat an. Noch einmal war ein Treffen in der Kneipe BEI ROSI ausgemacht worden. Um 19 Uhr trafen sich alle wieder am Königsborner Markt.

Dieses Mal waren bei dem Treffen auch Meissen und Volkmann dabei. Silbermann kam gleichzeitig mit Linke. „Hallo zusammen. Schön, dass wir uns nochmal hier treffen. Nun bin ich gespannt, was es für Neuigkeiten gibt." Dieses Stichwort nahm Linke gleich auf. Sofort berichtete sie von dem mysteriösen Gebäude, die ominöse Verpachtung, und die auffälligen schwarz gekleideten Personen. Des Weiteren, dass hier einmal der Zugang zu den Atombunkern war, ist klar. Und auch von dem seltsamen Verhalten des Oberst bei dem Thema. Volkmann berichtete von seinem Rundgang an der Kaserne. Herrhaus und Schulte hörten nur zu. „Alles ja tolle Indizien. Aber wir haben keine Beweise, dass die Vermissten in dem Gebäude sind. Das müssten wir schon wissen um etwas zu unternehmen." Nun meldete Meissen sich zu Wort. Auch der BKA Mann hatte recherchiert. Und dabei ist ihm gewaltig was aufgefallen. Laut offiziellem Material arbeiten vier Logistiker in der Außenstelle. Aber es gibt zu den Bestellungen für Labore und Forschung auch viele technische Artikel. Von Belüftungsanlagen bis zu einer riesigen hydraulischen Plattform. Und was noch Auffälliger ist... tägliche Lieferungen eines Cateringdienstes. Das aber immer für fast 35 Personen. „Wer bitte isst und trinkt da solche Mengen?"

… … …

Diesmal wurde Maik in einen anderen Teil des Labor-Trakts gebracht. Vor sich sah er in einem faradayschen Käfig einen unscheinbaren Kasten stehen. Drum herum waren zig Mess- und Steuergeräte aufgebaut. Zwei Wissenschaftler begrüßten den Jugendlichen. Einer erklärte ihm, dass durch diese Geräte die Spiegel aufbaut werden. Nur weiß keiner genau, wie. Einzig wie man das Gerät ein und ausschaltet und wie man die zweiten aufzubauenden Spiegel ans Ziel bringt. Jegliche Art von Arbeitsweise oder die Energiequelle ist schier unbekannt. Maik kommt sich unbehaglich vor. Er kann nicht fassen, dass in der Provinz, so kann man Unna nennen, solche Forschungen gemacht werden.

Das Gerät brummte leise, als ein Wissenschaftler es eingeschaltet hatte. Sonst passierte nichts. Maik beobachtete die Messgeräte. Manche standen still. Andere dafür schlugen wie wild aus. Das Brummen änderte seine Tonlage. Plötzlich war im Käfig ein Spiegel. Durch ihn konnte man eine fremde Umgebung sehen. Aber sofort schaltete der eine Wissenschaftler das Gerät aus. „Wir hoffen, du kannst uns helfen. Wir möchten dein Wissen. Finde bitte heraus, wie wir das Gerät auch außerhalb des Käfigs arbeiten lassen können. Es soll einmal in einem Flugzeug installiert werden. Und noch wichtiger, bisher ist es nur eine Einbahnstraße. Wir denken aber, dass es für unsere Freunde ein ganz normales Transportsystem ist. Finde also heraus wie es funktioniert. Ach ja… eins noch. Bisher konnten wir es nicht öffnen. Auch an diesem Problem solltest du arbeiten." Maik stand sprachlos da. Er schaute zu dem rotgold-schimmernden Kasten.

Das Gerät war noch einmal eingeschaltet worden. Maiks Idee war simpel. Einfach einen Gegenstand von hier durch den Spiegel bringen. Vielleicht polt sich das Feld dann selbstständig um? Die Wissenschaftler haben den Vorschlag heftig diskutiert. Sie kamen zum Ergebnis, es trotz enormen Risikos zu versuchen. Der Zeitpunkt rückte immer näher. Veller hatte sich auch dazugesellt. Als Versuchsobjekt diente ein normaler Fußball. Maik hatte die Ehre den Ball zu schießen. Er flog durch den Spiegel als wenn nichts wäre. Gleichzeitig wurde aber das Brummen höllisch laut. Zeitgleich schoss ein Strahl aus dem Gerät. Mühelos durchdrang er den massiven Stahlbeton.

Der Oberst sah durch sein Bürofenster. Und traute seinen Augen nicht. Ein Strahl kam aus dem abgezäunten Gebäude und ging bis in die Wolkendecke. ‚Verdammt… das ist nicht gut. Absolut nicht gut'.

Auch Passanten, überall in Unna Königsborn, sahen den gleißenden Strahl. Bei Polizei und Feuerwehr liefen die Telefone heiß.

Keine drei Minuten später war auch Landrat Silbermann informiert. Ein kurzer Anruf und auch Schulte und Herrhaus waren im Bilde.

… … …

Im Labor war das totale Chaos ausgebrochen. Um das Gerät herum stieg die Temperatur an. Veller veranlasste die sofortige Evakuierung. Er verließ als letzter den abgesicherten Raum. Beim Herausgehen drückte er einen unauffälligen Knopf neben der Tür.

Kurz darauf hörte man eine Explosion. Im gleichen Augenblick war auch der Strahl verschwunden. Eine automatische Löscheinrichtung verhinderte Schlimmeres.

Maik wurde sofort in seine Zelle gebracht. Elli hatte sorgenvolle Augen. Aber überglücklich nahm sie ihren Freund in die Arme.

Das Gerät wurde durch die Sprengung total zerstört. Auch von der Laboreinrichtung war nicht mehr viel übrig. Veller telefonierte hektisch. Die Wissenschaftler machten den Fremden bereit zum Abtransport. Ein Fluchttunnel war auch gebaut worden. Heute könnte der Tag sein, dass Veller und Mansfeld den Tunnel benutzen müssen. Zur gleichen Zeit wurden die meisten Wachen nach oben beordert. Sie hatten den Befehl, niemanden in das Gebäude zu lassen.

… … …

Silbermann konnte nun handeln und löste Katastrophenalarm aus. Durch dieses Ereignis war Gefahr in Verzug. Sofort rief er in Funktion als Leiter der Kreispolizeibehörde den Polizeipräsidenten in Dortmund an. In diesem Telefonat forderte er eine Hundertschaft plus einem SEK an. Es wurde ihm zugesichert, die angeforderten Einheiten innerhalb von 60 Minuten bereit zu stellen. Danach erfolgte noch ein Gespräch mit dem zuständigen Staatsanwalt. Dieser segnete den Einsatz ab. Und versprach auch einen Durchsuchungsbeschluss zu besorgen.

Die Feuerwehr kam nach kurzer Zeit an der Kaserne an. Die Wache wusste nicht wie sie sich verhalten sollte. Es war Alarm im gesamten Kasernengelände. Auch Herrhaus und Schulte waren vor Ort. Kurz darauf traf Linke ein. Telefonisch waren sie von Silbermann informiert worden. Kommissarin Heidi Steffen koordinierte den Einsatz von der Zentrale aus. Hier war auch der Landrat mittlerweile eingetroffen. Steffen berichtete ihm, dass die angeforderten Einheiten auf dem Weg seien. In der Zwischenzeit waren BKA Mann Meissen und Freddy Volkmann vom LKA am Kasernentor des alten Gleisanschlusses. Sie warteten auf die Polizisten von der Hundertschaft. So langsam kamen immer mehr Fahrzeuge in die alte Zechensiedlung. Heidi Steffen machte ihre Arbeit gut. Am vorderen Kasernentor war mittlerweile auch das SEK eingetroffen. Noch immer sperrte die Wache den Weg ab. Alles auf Befehl des Kasernenkommandanten. Dieses änderte sich aber mit dem SEK. Die Polizisten gingen vor, nahmen die Wachen in Gewahrsam und räumten so der Feuerwehr den Weg. Mit voller Fahrt fuhren die Einsatzfahrzeuge in Richtung der angenommenen Unfallstelle. Klaus und Manfred fuhren im ersten Fahrzeug mit. Auch das SEK folgte. Am Tor hatte ein Teil der Hundertschaft übernommen die Leitung. Auf der Kamener Straße, vor der Kaserne, kamen immer mehr Menschen zusammen. Auch in der alten Zechensiedlung wurden immer mehr Bürger neugierig. Das Polizeiaufgebot erschreckte sie gewaltig.

Der Oberst warnte Veller. Dieser gab sofort Alarm an alle Wacheinheiten. Es gab den Befehl, das Gebäude unter allen Umständen vor unbefugtem Betreten zu sichern. Man hörte schon das Martinshorn. Es kam immer näher.

Auch am Gleis-Tor waren die Einheiten der Hundertschaft vorgerückt. Nur eine Kette am Tor leistete kurzen Widerstand, der mit einem Bolzenschneider sofort gebrochen wurde. Sofort rückten auch diese Polizisten vor. In der Kaserne begegneten ihnen nur sehr wenige Soldaten. Diese wurden zu ihrer eigenen Sicherheit festgesetzt. Ungläubig ergaben sie sich ihrem Schicksal. Von zwei Seiten näherten sich nun die Einsatzkräfte dem ominösen Gebäude. Auf einmal hörte man Geschrei von vorn. Die Feuerwehr stoppte abrupt, denn zwei bewaffnete, schwarz gekleidete Männer versperrten den Weg. Sofort sprang Klaus gefolgt von Manfred vom Wagen. Auch sie wurden sofort zum Stehenbleiben aufgefordert. Wenn nicht, erfolge Schusswaffengebrauch. Auch der Hinweis auf Polizei änderte nichts. Beide wurden bedroht. Da kam aber schon das SEK. Innerhalb von Sekunden waren die beiden Wachen umstellt. Ohne Widerstand konnten Klaus und Manfred ihnen die Waffen abnehmen. Von der anderen Seite hörte man mit einmal Schüsse. Hier waren die Beamten der Hundertschaft auf die schwarzen Wachen getroffen. Es entwickelte sich ein Gefecht. Immer wieder war Geschrei zu hören. Auch auf dieser Seite fielen nun Schüsse. Klaus lag neben Manfred auf dem Boden. Auch Linke lag neben ihnen. Woher sie gekommen war, wussten beide nicht. Aber sie schoss ein Foto nach dem anderen, und sprach unentwegt in ihr Diktiergerät. Das SEK rückte nun unter dem Schutz von Scharfschützen vor. Die Schwarzen sprangen in Richtung Gebäude. Dann eine schwere Explosion. Die Schwarzen hatten die Plattform gesprengt. Inder Erde klaffte ein riesiges Loch.

In dieser Zeit hatten Volker Meisen und Freddy Volkmann den Oberst festgenommen. „Herr Oberst. Wo wollen wir denn hin?" Volker war durch die Tür gekommen. Der ältere Mann schaute ihn blass an. Er hatte einen Koffer in der Hand, stammelte von einer Dienstreise. Aber da hatte Freddy ihm schon Handschellen angelegt. „Ich nehme sie hiermit vorläufig fest." Der Oberst brach seelisch zusammen. Das BKA sicherte die Unterlagen im Koffer. Es war belastendes Material gegen den Oberst.

Linke sah einen toten Schwarzen auf dem Weg liegen. Sanitäter bargen gerade einen verwundeten Polizisten. Die Schwarzen zogen sich langsam zurück, gefolgt von den Einsatzeinheiten. Immer noch waren Schüsse zu hören. Erste SEK Beamte waren an der Tür. Klaus war zusammen mit Manfred vom SEK zum Haus gefolgt. Die ersten Beamten drangen ein nachdem die Tür aufgesprengt werden war. Auch hier wurden sie von Schüssen empfangen.

Drinnen wurde der Widerstand aber geringer. Die ersten Schwarzen ergaben sich. Klaus und Manfred waren als erste mit dabei. In einem Nebenraum nahmen sie einen der Feinde fest. Alle festgenommenen schwarz gekleideten Kämpfer verweigerten die Aussagen. Sie beriefen sich auf ihre Arbeit beim BND.

Veller wurde langsam panisch. Er hatte erfahren, dass die Polizei ins Gebäude eingedrungen war. Der gefundene Fahrstuhl war nicht betriebsbereit. Nicht lange und die Beamten hatten ein verstecktes Treppenhaus gefunden. Der Widerstand der Schwarzen war fast zusammengebrochen. Es wurden siebzehn verhaftet.

Veller und Mansfeld versuchten noch immer mit den Wissenschaftlern den Fremden wegzubringen. Sie hörten schon die Stimmen und Schritte der Beamten. Der Fluchttunnel war gut getarnt und noch unentdeckt. Es war aber keine Zeit mehr den Fremden zu evakuieren. Der BND Mann gab Befehle an die

Wissenschaftler den Fremden in Sicherheit zu bringen. Ein extra dafür eingerichteter Raum war direkt am Eingang vom Fluchttunnel. Er und Mansfeld flüchteten dann durch den Fluchttunnel. Dieser endete in der Nähe Haupttor. So verschwanden die Agenten im Gewühl der gaffenden Passanten.

Immer mehr Beamten kamen durch das Treppenhaus in die unteren Etagen. Die ersten Jugendlichen wurden aus ihren Zellen befreit. Sanitäter, die freiwillig mit nach unten kamen, kümmerten sich um die jungen Leute. Klaus und Manfred, in Begleitung von Linke öffneten vorsichtig eine große Tür. Der Raum dahinter sah aus wie nach einer Explosion. An ihnen vorbei kamen Beamte vom SEK mit festgenommenen Männern, die wie Wissenschaftler aussahen. Auch Maik und Elli waren mittlerweile befreit. Zwei Leute des SEK übergaben sie den Kommissaren. Klaus sah, dass es beiden soweit gut ging. Linke machte weiterhin Fotos. Auch Meissen und Volkmann waren unten eingetroffen. Sie hatten gehofft, die zwei BND Leute zu erwischen. Aber so vernahmen sie kurz die Gefangenen. Und einer der Wissenschaftler erzählte etwas von dem Fluchttunnel. Sofort hatten sich fünf SEK Beamte zusammen mit Meissen und Volkmann auf den Weg gemacht. Aber die Drahtzieher schienen wie vom Erdboden verschluckt. Auch fand niemand die nahezu perfekt getarnte Tür am Ende des Ganges zum Fluchttunnel. Hier war der Fremde versteckt. Er wurde nie entdeckt. Er blieb ein Geheimnis.

Maik und Elli waren glücklich wieder frei zu sein. Aber auch sie mussten erstmal Klaus und Manfred Rede und Antwort stehen. Sie erzählten fast alles. Nur die Sache mit dem Spiegel und dem Fremden hielten sie zurück. Beide waren der Meinung, dass diese

Story unglaubwürdig wäre und ihnen nur wieder Verhöre und Gefangenschaft bringen würde. Sanitäter brachten sie später nach oben. Die Eltern wurden sofort benachrichtigt.

Freddy Volkmann war nicht zufrieden. Veller und Mansfeld waren verschwunden. Aber, dass beide hier waren, bewiesen viele Dinge, die gefunden wurden. Unterlagen und Akten. Alles wurde eingesammelt und direkt zum BKA verschickt. Und nun waren die Geflüchteten auf den Fahndungslisten.

Landrat Silbermann war auch am Ort des Geschehens eingetroffen. Das Bild welches er sich vom Geschehen gemacht hatte war verheerend. Eine geheime verbrecherische Verschwörung in Unna. Und das mitten in der Kaserne in Königsborn. Es war unfassbar. Zusammen mit den beiden Unnaer Kommissaren und Linke stand er draußen. Auch mehrere Staatsanwälte waren eingetroffen. Das SEK zog gerade ab. Nur die Beamten der Hundertschaft sicherten und durchsuchten den Tatort. Die befreiten Jugendlichen waren in den Krankenhäusern zur Untersuchung verbracht worden. Silbermann schaute sich um. „Ich denke mal, dass Unna noch nie so eine Sache hatte. Ich bedanke mich bei euch. Ohne euch wäre wir nie auf diesen Komplott gekommen." Linke hatte viel Material für den UnnaBlitz. Das würde ein Sensationsbericht in der Onlineausgabe werden. Der Landrat war schon auf dem Weg, als er sich noch einmal rumdrehte. „Heute Abend… 19 Uhr im Biergarten BEI ROSI?" Klaus und Manfred stimmten lachend zu. Linke nickt nur kurz. Auch sie war dann schnell weg. Die beiden Kommissare wanderten langsam Richtung Haupttor. Dieser Tag war eines der härtesten in ihre Laufbahn. Kurz vor der Wache zogen sie Ihre

Polizeiwesten aus. Danach gingen sie zu Fuß die Kamener Straße Richtung Unna. „Manfred, Klaus. Wo wollt ihr denn hin?" Die Beamten schauten sich an. Auf der anderen Straßenseite waren Volker Meissen und Freddy Volkmann in einem Auto. „Wollt ihr mitfahren?" Die Kommissare winkten ab. Sie wollte die Strecke einfach zu Fuß zurücklegen und den Kopf frei bekommen. An die Berichte dachten sie noch gar nicht. Es war nicht das letzte Mal, dass sie die Männer vom BKA und LKA sahen

Um neunzehn Uhr trafen sich die vier Männer noch einmal BEI ROSI am Königsborner Markt. Der Landrat gab sofort eine Runde aus. Linke hatte ihren Bericht fertig und mit dabei. Die beiden Kommissare lasen es durch. „Wunderbar geschrieben. Alles drin… ohne so zu übertreiben. Mein Kompliment." Klaus war begeistert. Manfred und Silbermann waren intensiv am Reden. Rosi brachte die Runde Bier. Herrhaus dachte an den nächsten Tag. Der Staatsanwalt hatte bestimmt viele und auch unangenehme Fragen. Aber wichtig war, dass man alle vierundzwanzig jungen Leute gesund und unverletzt befreit hatte, und einen riesigen Komplott aufgedeckt hatte. Er nahm sein Glas und erhob es „Prost zusammen. Auf die hervorragende Zusammenarbeit." Noch während er das sagte, erschienen auch Meissen und Volkmann. Sie setzen sich dazu. „Nun stehen Veller und Mansfeld auf den internationalen Fahndungslisten. Wir gehen davon aus, dass sie bald gefasst werden. Wir haben da viele Akten beschlagnahmt. Vieles davon ist geheim. Aber eines können wir verkünden. Abteilung X ist Vergangenheit. Und der Ex-Oberst wird wegen Landesverrat angeklagt. Außerdem soll die gesamte unterirdische Anlage versiegelt werden. Hier wird nie wieder so etwas passieren." Beide tranken genüsslich ihr Bier. Freddy stand auf und grüßte in die Runde. „Ich wünsche euch allen noch ein langes Leben." Meissen fügte noch hinzu: „Falls wir mal wieder hier in der Gegend zu arbeiten haben... wir werden uns gern wieder an euch wenden. Man sieht sich. Auf Wiedersehen." Die vier Unnaer blieben noch sitzen. Rosi brachte gerade die nächste Runde. Sie saßen so da und genossen die warme Abendluft. Ach, es ist doch einfach schön in der Heimat. Noch länger hörte man das Lachen der vier.

Ich war Kommissar Peter Lasdowsky in Unna Königsborn

Nok Te

Als Königsborn noch als Bad Königsborn betitelt wurde, ging ich
hier auf Streife. Die Salzhaltige-Luft tat meiner Lunge gut. Meine
Kollegen in der Dienststelle rauchten… alle… durch die Bank weg.
Da war es um die Saline herum doch wie im Himmel. Nach meiner
Pensionierung blieb ich bei diesem Ritual. Mit meiner lieben
Ehefrau Irene genoss ich jeden Atemzug und jeden Sonnenstrahl.
„Hier möchte ich einmal sterben, liebe Irene.", sagte ich öfter zu
meinem Liebling. Die Zeit verging… … …
Eines Tages legte ich den Kopf an Irenes Schultern… um mich
herum wurde es dunkel und eine Stimme sagte: „Komm' zum
Licht, wir erwarten dich."

… … …

Die Eltern des kleinen Nok Te freuten sich riesig, sie wünschten
sich einen kleinen Sohn. Sie ließen das Schicksal entscheiden, ob
es eine Tochter oder ein Sohn werden sollte. Obwohl es
kinderleicht für die Ärzte war, das Geschlecht zu manipulieren.
Der Planet Rodenus kreiste in einem der äußersten
Sternensysteme des Universums. Die Sonne wird in nicht allzu
langer Zeit erlöschen. Immerhin sorgte sie Milliarden Jahre für
Leben auf den beiden bewohnbaren Planeten. Die Zivilisation dort
war sehr weit fortgeschritten. Armut und Krankheit gab es auf den
Planeten seit Millionen Jahre nicht mehr. Anfangs, als ihr
Sonnensystem noch zentraler im Universum lag, gab es natürlich

auch Naturkatastrophen. Diese löschte die Bevölkerung aus, aber das Leben startete immer wieder aufs Neue. Nok Te war ein aufgewecktes Kind. Er lernte schnell. Aus ihrer eigenen Erfahrung wussten die Eltern, dass ihr Sohn eine junge Seele war. Auf dem Planeten kannte man die Widergeburt. Nok Te hatte erst ein Leben hinter sich, als Polizei-Beamter auf der Erde in der Milchstraße. Das Wandern eines Geistes war seit langem bekannt.

In diesem Leben wurde Nok Te Wissenschaftler. Er entwickelte ein Gerät, welches in fast allen Häusern zu finden war, um die tödliche Strahlung der bald sterbenden Sonne zu neutralisieren. Viele Krankheiten waren somit erst gar nicht ausgebrochen. Zwei eigene Kinder hatte Nok Te mit seiner Frau. Nach einem erfüllten Leben kam der Tag des Abschieds. Seine Kräfte ließen nach, der Drang noch etwas zu erleben, verblasste. Immer öfter ruhte Nok Te aus, er schlief dann mit den Erinnerungen seines Lebens ein. Alles spielte sich noch einmal vor seinem Dritten Auge ab, immer wieder. Eines Abends sagte er zu seiner Frau: „Erinnerst du dich an unsere Hochzeitsreise? Der Strand war weiß, der Himmel rot und das Meer grün." Nok Te faltete die Hände und träumte immer tiefer und tiefer. Er schwebte dem Traum entgegen, ganz leicht war sein Körper, jetzt spürte Nok Te ihn gar nicht mehr, er war nun in einer anderen Welt. Seine Frau sah aus dem nun sterbenden Körper eine etwa 10 cm kleine, hell strahlende Leuchtkugel aus dem Körper aufsteigen.

Plötzlich wurde es hell um ihn herum, Millionen Jahre waren mittlerweile vergangen, das Universum dehnte sich weiter aus. Den Planet Rodenus gab es schon lange nicht mehr. Nok Te wurde geboren und erblickte zum ersten Mal wieder das Sonnenlicht der

Erde. Dass er schon einmal auf der Erde war, wusste er nicht. Zeit und Raum sind eben grenzenlos. Alles passiert im Hier und Jetzt. Zeitreisen in die Vergangenheit und in die Zukunft... kein Problem! Zumindest für den Geist sind alle Optionen offen.

Nok Te's Vater stand mit ihm vor einem Höhleneingang und nannte seinen Sohn nun Pah Amp. Pah Amp war nun ein frühzeitlicher Erdenbewohner in Afrika. Ein neues Leben, eine neue Chance in diesem Universum etwas zu bewegen. Ebenso wie sein Vater, entwickelte Pah Amp Werkzeuge aus Stein. Seine Höhlenmalerei wurde von allen bewundert. Pah Amp interessierte sich früh für Kräuter. Langsam entwickelte er sich zum Anführer. Um an Nahrung zu gelangen, waren seine Taktiken sehr gefragt. Acht Kinder hinterließ er, bevor ein großer Felsen sein Leben abrupt beendete. Er sah den Felsen auf sich zukommen, er sprang noch zur Seite und wieder sah er den weißen Strand mit dem roten Himmel und dem grünen Meer. Viele Millionen Jahre vergingen.

Das Meer war nun blaugrün, Pah Amp sah einen strahlend, blauen Himmel. Mit den Worten: „Da ist ja unser Wonneproppen endlich!", führte Vater Jack seinen Sohn Daniel den Gästen auf der Yacht vor. Jack war Reeder, die meiste Zeit verbrachte er mit seiner Familie auf dem Pazifischen Ozean vor San Francisco. Jack tat alles, damit Daniel ein großartiger und kompetenter Kapitän werden würde. Und in der Tat, Daniel war sehr eifrig. Nicht nur Kapitän wurde er, sondern auch Arzt. Vielen Kindern half Daniel auf See zur Welt. Zwei Mal rettete er das Leben der Menschen auf dem Kreuzfahrtschiff, weil er sich auf seine Erfahrung und seinen Instinkt verließ. Daniel hatte zwei Kinder. Luisa wurde Kapitänin,

Daniels Sohn Gregg Anwalt. Wieder kam der Tag, den jeder einmal gehen musste. Daniel saß in seinem Lehnstuhl, schloss die Augen und dachte an das blaue Meer, die weißen Wolken am blauen Himmel...

Niemand merkt wie lange es dauert, niemand wird sich erinnern können was zwischenzeitlich passiert ist ...
Und dann wird es wieder hell und man erblickt die Welt, welche? Das ist der Weg des Schicksals. Daniel wachte wieder auf und sah in eine grelle Lampe. Das Licht wurde sofort gedimmt. Er wurde in die Arme seiner Mutter gelegt. Viele Millionen Jahre sind vergangen. Jetzt wurde Daniel Sett genannt. Er wurde auf dem Raumschiff Gelexos 2000 geboren. Die Besatzung stammte vom Planeten Loren. Auf Loren war ein Krieg entbrannt, es ging wie immer um Macht und Einfluss. Die Raumschiffbesatzung suchte nun einen Zufluchtsort im Universum. Sett wurde Navigator und Forscher. Jede freie Minute suchte er die Stecknadel im Heuhaufen. 18 Jahre war das Raumschiff unterwegs, Sett gab nie auf. Und tatsächlich, er fand einen Planeten für die Existenz seines Volkes. Viele Jahre weiter, Sett war am Aufbau einer Stadt beteiligt, kam auch bei ihm der Zeitpunkt, dass das Leben bald zu Ende gehen würde. Sechs Kinder hatte er mit seiner Frau. Er legte sich eines Abends zum Ausruhen auf sein Bett, schloss die Augen, faltete seine Hände und träumte vom unendlichen Weltraum, den er durchflog. Und dann wurde es hell, immer heller. Auf ihn kamen alle zu, seine Liebsten, seine Lebensgefährten, Freunde, Kinder, Eltern, alle begrüßten ihn und sagten: „Nun bleibst du für immer bei uns!" Sie erschienen in der Form, wie er alle in Erinnerung hatte. Aber das war nur die Erkennungsform, in Wirklichkeit war der Geist formlos und durchsichtig. Und nach einer Weile gehörte

er zu ihnen, namenlos und positiv, nur das Gute blieb übrig. So wollte es der große Geist, Gott genannt, er verstreute unprogrammierten Geist in das riesige Universum, alle Geister lernten und kamen zurück zum großen Ganzen... zurück zu Gott.

Die Mausefalle

Uwe H. Sültz

Familie Kardau war eine reiche Familie in Königsborn. Niemand konnte ahnen, womit sie ihren Reichtum zusammentrugen. Die männlichen Familienmitglieder waren nicht gut in der Stadt angesehen. Sie waren stets unfreundlich und wollten immer Recht behalten. Frau Kardau und ihre Tochter waren wiederum beliebt. Sie versuchten die Boshaftigkeit der anderen Familienmitglieder zu überdecken. Irgendwann dachte Robert Kardau, Sohn von Paul, dass er nun an der Reihe wäre, das Geld und das Vermögen an sich zu bringen. Die Stimmung innerhalb der Familie war sehr gereizt.

Das viele Geld brachte zwar Reichtümer, Sportwagen, eine Segeljacht in Italien und was es sonst noch so gibt. Alles hätten sie genießen können, jedoch Vater Paul und Sohn Robert wurden immer egoistischer. Frau Kardau und ihre Tochter hatten sowieso nichts zu melden. Den Patriarchen des Hauses zu bedienen, war ein ungeschriebenes Gesetz. Jeden Abend träumte Robert von diesem Reichtum. Er war ein geborener Angeber. Doch seine Intelligenz war unübertroffen. Er wusste, dass sein Vater bei schlechter Gesundheit war.

Also plante er Paul umzubringen, damit er schneller an das Erbe kommen konnte. Da Robert auf Nummer sicher gehen wollte, entwickelte er einen ausgeklügelten Plan. Ein schnell wirkendes Gift musste her, das er sich über einen Hehler besorgen wollte. Robert präparierte zunächst die Schwimmflossen des Vaters.

Mit seiner Fantasie malte sich Robert genau aus, was passieren würde. Sein Vater fuhr oft zum naheliegenden Sportboothafen Marina Rünthe und setzte sich immer zuerst auf den Bootsrand, um die Schwimmflossen und die Taucherbrille anzulegen. Dann ließ er sich rückwärts ins Wasser fallen. Alles passierte vor den Augen seiner Geliebten Gabi. Nur diesmal stieß die Nadel mit dem flüssigen Gift zu. Paul würde nicht mehr auftauchen. Man würde Gabi als Mörderin verdächtigen. Seine Fantasien gingen weiter. Einmal im Monat, traf sich Paul mit seinen Freunden zum Skat in Werne. Drei davon waren Zigarrenraucher. So freigiebig wie Paul war, hat er sich immer mit teuren Zigarren die Freundschaft der anderen erkaufen wollen. Robert präparierte die vierte Zigarre. Das Gift wirkt auf die Lunge und löst einen Hustenanfall aus. Er wusste auch, dass sein Vater gern den Sportwagen fährt. Etwa 500 Meter nach der Hofausfahrt telefonierte er immer mit Gabi. Robert manipulierte auch das Handschuhfach. Er präparierte es mit einer Giftspritze.

Es kam der Tag, an dem es einen kompletten Telefonzusammenbruch gab. Robert befand sich in seiner Lieblingsbar. Seine Schwester traf sich heimlich mit Johann.

Johann war der Sohn eines angesehenen Industriellen aus Österreich. Auch der Vater von Johann fiel auf die kriminellen Machenschaften von Paul Kardau herein. Er verlor Millionen. Johann und seine Angebetete schmiedeten Zukunftspläne und wollten sie aus dieser Familie herausholen. Nur Frau Kardau war mit ihrem Mann allein im Haus. Das Telefon funktionierte nicht. Paul befahl seiner Frau das Handy aus dem Wagen zu holen. Nach einer Stunde fand er sie leblos neben dem Wagen liegen. Durch die Beerdigung wurde das Skatspiel abgesagt. Natürlich auch das Tauchen. Die Tochter suchte Trost bei Johann. Nutzte aber auch die Gelegenheit zu fliehen. Diese Zeit nutzte Roberts Hehler aus, um in das Anwesen einzubrechen. Er war nicht nur Hehler, sondern auch Dieb. Wie üblich, zu den normalen Einbrecherutensilien, trug er eine Waffe bei sich. Es ist kein Geheimnis, aber die Verandatür ist nicht gut gesichert. Das Wohnhaus wurde nach einem Tresor durchsucht. Paul Kardau, hörte die Geräusche, ebenfalls der Sohn. Paul wollte den Einbrecher stellen und holte seine Waffe aus dem Schlafzimmer und wollte den Einbrecher stellen.

Beide schießen und Paul wurde tödlich getroffen. Der Einbrecher wurde am Bein verletzt. Er lag am Boden. Nun kam Robert ins Spiel und sah die Tragödie. Der Einbrecher, der ja auch Roberts Hehler war, sagte: „Na, da habe ich dir wohl einen Bärendienst erwiesen." „Hilf mir auf, gib mir 100.000 und die Sache bleibt unter uns." Robert ging zum Tresor, öffnete ihn, ergriff das Geld und fiel kurz danach leblos zu Boden. An seinen Fingern verklemmte sich eine Mausefalle mit einer Giftinjektion, die Paul Kordau aufgestellt hatte. Roberts Schwester übrigens, machte Johann sehr glücklich. Das Vermögen der Kordaus wurde für wohltätige Zwecke gestiftet.

Die Königsborner-Beamten Ilona Eickwinkel, Kriminalkommissarin, und Uwe Lukas, Kriminalkommissar, untersuchten den Fall. Auch Kollegen aus Münster und Unna wurden mit eingebunden. Robert Kardau stand schon lange auf der Beobachtungsliste der Polizeibeamten.

Balkon zum Jenseits

Uwe H. Sültz

Aus der Polizeiakte: „ **... Weiterhin konnte eine Manipulation nicht festgestellt werden. Der Fall ‚Tote auf dem Balkon', Aktenzeichen SD3-OG55SK7, wird hiermit geschlossen. Kriminalkommissar Uwe Lukas, 06.04.2018, Königsborn."**

Ja, dann ist es ja gut, das ist dann wohl die kürzeste Kurzgeschichte, die es je gab. Nun, im Ernst, da steckt viel mehr dahinter. Ich bin Journalistin und recherchiere über Internetmobbing, mein Name ist Beate Dresens vom Kurier. Über diesen Fall wurde viel berichtet, viel recherchiert, nicht nur durch die Kripo, sondern auch vom Bauamt Unna. Aber irgendwie lagen alle etwas daneben. Damit will ich mich nicht größer machen, aber ich entdeckte da etwas. Alles begann wohl, so meine Recherche, im Juni 2017. Frank Alwendi, ein erfolgreicher junger Manager einer Produktionsfirma in Dortmund, ersteigerte im Internet eine Eigentumswohnung in Königsborn. Man muss sich vorstellen, für 17.000 Euro. Also, ich bitte Sie, liebe Leser, dafür gibt es gerade mal einen Kleinwagen, ohne Bett und Küche. Und fließendes Wasser nur im Motorkühler. Auf jeden Fall war der Haken daran, dass mindestens 125.000 Euro in die Renovierung fließen mussten. Eine neue Tapete und Gips reichte da nicht. Alwendi begann damit, zunächst Fußboden und die elektrischen Leitungen zu erneuern. Die Fenster standen im Zuge mit dem maroden

Balkon als nächstes auf dem Plan. Zwischen Balkon und Mauerwerk sah man einen zwei Zentimeter großen und etwa 120 Zentimeter langen Riss. Wasser drang ein, im Winter sprengte das Eis alles weiter auseinander. Der rechte Stahlträger war marode und rostete. In der Firma lief es, wie gesagt, für Frank sehr gut. Bis auf den Tag, an dem die zielstrebige Ilona Meiering vorstellig wurde und ihre Idee verkaufen wollte. „Es tut mir leid, Frau Meiering, aber wir können mit unseren Kunststoffen Ihre Idee nicht realisieren, sorry!", sagte Frank Alwendi. „Na dann vielleicht auf einen Kaffee?", entgegnete Ilona Meiering. Reserviert und doch sehr höflich lehnte der Manager ab.

Heute wurden im Wohnzimmer neue Steckdosen verlegt. Frank hatte es eilig, den Zettel an der Windschutzscheibe steckte er beiläufig ein. Herrlich verchromte Teile ließ er sich einbauen, für mich als Frau war das Wunderbare daran, trotz Verchromung, dass man keine Fingerabdrücke sah. Also einen Polizeibericht dürfte ich nicht schreiben, der wäre vier Mal so lang, wie der von Kommissar Lukas. Ach ja, der eingesteckte Zettel: „Einen Sekt bei mir heute? Ich wohne unter Ihnen! Liebe Grüße, Ilona." Frank ignorierte den Zettel, schließlich würde gleich seine Verlobte Angelika nach Hause kommen. Die Tage vergingen mit fleißiger Arbeit und Stuck-Arbeiten im Wohnzimmer. Von nun an klemmte jeden Tag ein Zettelchen unter dem Scheibenwischer. Ab jetzt kamen auch Anfragen in sozialen Netzwerken. Ab jetzt wurde Ilona sehr aufdringlich. In der Firma lief es weiterhin gut. Frank Alwendi sollte die Werksprodukte in China vorstellen, auch die Staaten waren sehr interessiert. Der Manager war durch seine Kompetenz, sein Benehmen und Aussehen bestens geeignet dafür. Ach ja, Angelika war die Tochter vom Chef, das musste ich noch erwähnen. Sie war ganz hin und weg von Frank. Aber ich finde auch, dass Frank gut aussieht. Genau mein Typ. Ich dürfte wirklich keinen Polizeibericht schreiben.

Ein lange vergessenes Urlaubsbild sorgte dann für schlechte Laune. Ein Strandbild mit Svenja, das vor etwa drei Jahren aufgenommen wurde. Angelika und Frank waren nun seit zwei Jahren ein Paar. Svenja war eine Urlaubsduselei. Nur, auf dem Foto, war jetzt Ilona zu sehen, lediglich der Kopf, man wusste ja, was mit der Bildbearbeitung so alles möglich war. Zunächst war das Bild in den Netzwerken. Frank schaute nur gelegentlich hinein, aber die fast 2.600 User sahen und teilten es.

Die Wohnung wurde für den Einbau eines Kamins vorbereitet. Frank sicherte die Balkontür mit einem Kindergitter ab. Jetzt konnte die Tür offenstehen, ohne dass der kleine Paul, Angelikas Sohn, auf dem maroden Balkon in Gefahr kam. Frank sah, dass der Eisenträger fast durchgerostet war, jetzt wurde es höchste Zeit für Erneuerung. Das manipulierte Urlaubsbild hing am anderen Tag an allen Bäumen in der Straße, klemmte an Autos, ja, es drang bis in die Firma vor, auch zu Angelika. Frank öffnete seine Seite im sozialen Netzwerk und sah die Bescherung. Das Konto war gehackt. Ilona führte praktisch einen Liebesdialog mit sich selbst in Franks Account. Löschen nutzte nichts mehr, der Schaden war zu groß. Angelika trennte sich von Frank, die Firma kündigte fristlos mit dem Grund: „Herr Frank Alwendi ist für die Firma Deg... und Co KG untragbar geworden." Es begannen Depressionen bei Frank Alwendi, sozialer Abstieg und Geldnot, aber das Stalking ging weiter. Frank versäumte es einfach, die Kripo einzuschalten. Der ehemalige Top-Manager war am Ende.

Die ersten sonnigen Tage im April 2018. Ilona sonnte sich auf ihrem Balkon, es war Sonntag. Sie schlief ein, bemerkte den feinen Staub nicht, der von oben wehte, vom oberen Balkon. Dort nahm Frank eine Eisenstange der Monteure und drückte den maroden Balkon langsam und mit aller Kraft aus der Verankerung.

… … …

Wie oben im Polizeibericht zu lesen war, konnte Kommissar Lukas nur einen traurigen Zufall erkennen und keine weiteren Spuren finden. Eine junge Frau war im falschen Augenblick am falschen Ort. Ich übergab meine Recherche Kommissar Lukas. Er wird den Fall noch einmal öffnen.

 Kommissar a. D. Hans Schemberg

Das Medium

Uwe H. Sültz

Mit täglich fünf Kunden rechnete Josefine Krodell. Ihr Arbeitsraum im eigenen Haus in Bergkamen war dunkel eingerichtet. Überall waren Kerzen und Symbole aufgestellt. Auf dem runden Holztisch stand eine Glaskugel. Rechts daneben lagen Karten. Josefine war Medium. Ihre Kunden konnten Fragen stellen, Josefine stellte einen Kontakt zur geistigen Welt her und Antworten standen sofort an. Es ging so schnell, dass Josefine erst gar nicht auf die Idee kommen konnte, irgendetwas zu manipulieren. Kunden stellten auch oft nur Testfragen, aber bei richtiger Interpretation hatte Josefine eine Trefferquote von 98 Prozent. Josefine Krodell war verheiratet und Mutter eines Sohnes. Bereits in ihrer Jugend sah sie außergewöhnliche Bilder vor ihrem geistigen Auge. Ungewöhnlich war auch, dass metallische Teile von ihrem Oberkörper regelrecht angezogen wurden und kleben blieben. Heute gab sie ihre Wahrnehmungen gern, gegen einen wirklich kleinen Beitrag, an ihre Kunden weiter. Irgendwie muss sie den richtigen Weg gefunden haben, denn ihre Kundenzahl wuchs und wuchs. Ihr Mann Norbert und ihr Sohn Max haben eine ganz besondere Leidenschaft, die Josefine nur bedingt teilte. Zum einen war es eine riesige Autorennbahn auf dem ausgebauten Dachboden; Favorit von Max war dabei der Ferrari von Sebastian Vettel. Außerdem sammelten beide „Männer" im Haus noch Compact-Cassetten. Max war ganz besonders angetan von Abenteuer-Kassetten, der Vater sammelte die ersten Bänder der

Welt. Heute kam per Post wieder ein Päckchen mit zwei Kassetten. Max war noch in der Schule und Norbert in der Firma. Josefine nahm das Päckchen entgegen und packte es aus, um die beiden Bänder auf den Mittagstisch zu legen. Die Kassetten stammten von einem Händler nahe Nürnberg. Das Mittagessen brauchte noch etwa vierzig Minuten. Josefine setzte sich auf den Küchenstuhl, nahm eine Kassette in die Hand und schloss die Augen. Es war eine Jugend-Kassette, FÜNF FREUNDE, aus dem Jahr 1975.

Allmählich sah Josefine verschwommene Bilder, dann wurden sie schärfer und schließlich sogar farbig. Sie sah, wie der kleine Bernd fröhlich aus Papas neuem Audi 100 stieg und in sein Zimmer stürme. In der Hand hielt er die brandneue Hörspiel-Kassette. Bernd legte die Kassette sofort in seinen Compact-Cassetten-Recorder ein. Ganz gespannt saß er nun auf seinem Bett und hörte die Geschichte von der Schatzinsel, auf der fünf Freunde ihre Erlebnisse hatten. Bernd hörte nicht, dass seine Mutter bereits zum vierten Mal zum Essen gerufen hatte. Plötzlich ging die Kinderzimmertür auf und da stand Mutter nun. Na, dachte Josefine: „Das ist ja wie bei Max so. Es wiederholt sich doch alles im Leben." Josefine stand auf und holte den Braten aus dem Ofen, in zwanzig Minuten würden ihre Männer eintreffen. Sie setzte sich wieder an den Küchentisch und betrachtete die andere Kassette.

„Oh, endlich mal etwas für mich, *Twist im Star Club*', eine Philips Kassette aus dem Jahr 1965", sagte Josefine so vor sich hin. Wieder sah Josefine alles ganz deutlich. Die Musik spielte sehr laut. Zigarettenrauch machte das Wohnzimmer nebelig. Sie sah einen Wohnzimmerschrank in Palisander. Der Fernseher zeigte

Schwarzweiß-Bilder. Darüber hing ein Kalender, der das Jahr 1966 anzeigte. Josefine sah alles aus den Augen einer auf der Couch sitzenden Person. „Gefällt dir die Kassette, Kurt?", fragte diese Person. Auf dem Tisch standen ein Käse-Igel und diverse Flaschen, wie Wein und Wodka. Ein Mann kam in den Raum, die Zigarette in der Hand, er war wohl angetrunken, hatte auffällige Tätowierungen am Arm. Er setzte sich ebenfalls auf die Couch. „Komm', Mädchen, sei nicht so zickig!", lallte der Mann. Für die Person, aus dessen Sicht Josefine alles sah, wurde es nun sehr ungemütlich. Es handelte sich um Beate Kramer. Josefine sah sogar ihren Ausweis, als Beate in ihrer Handtasche den Lippenstift suchte. Der Mann vergewaltigte Beate und erschlug sie dann mit der Wodka-Flasche. Überstürzt lief der Mann aus der Wohnung. Im Hausflur begegnete er Kurt, der aus dem Automaten um die Ecke Zigaretten ziehen wollte. „Na, Gerd, wieder zu tief ins Glas geschaut? Ich habe heute Besuch von meiner neuen Flamme Beate!", sagte Kurt. Wortlos verließ Gerd das Gebäude.

Josefine bekam einen Weinkrampf und sie schrie laut. „Schatz, was ist passiert!", fragte ihr Mann Norbert, der soeben in die Küche kam. Max kam hinzu. „Max, gehe bitte in dein Zimmer, hier ist deine Kassette, Mami hat sich wohl am Kochtopf verbrannt", sagte der Vater zum Sohn. Stunden später machte Josefine eine Aussage bei der Kripo. Tage später erhielt sie den Bescheid, dass der Mord aus dem Jahr 1966 an Beate Kramer nie aufgeklärt wurde. Kurt Degenhardt war zwar der Hauptverdächtige, aber seine Fingerabdrücke passten nicht zur Mordwaffe, der Wodka-Flasche. Kurt war beim Anblick seiner zukünftigen Frau so geschockt, dass er die Begegnung mit Gerd im Hausflur völlig vergaß. Jetzt wurde der mittlerweile 70-jährige Mann noch einmal vernommen und nach einem Mann mit auffälliger Tätowierung auf dem Arm gefragt. Er erinnerte sich an seinen Nachbarn Gerd Segmüller. Mord verjährte nie. Der 75 Jahre alte Gerd Segmüller wurde danach verhaftet. Josefine erholte sich nur langsam von dem Erlebnis. Sie war noch lange in Behandlung. Ihre Gabe, Medium zu sein, verlor sie. „Sie sollte sich wohl nur noch ganz auf ihre Familie konzentrieren", meinten ihre Kunden, die sehr traurig über das Geschehene waren.

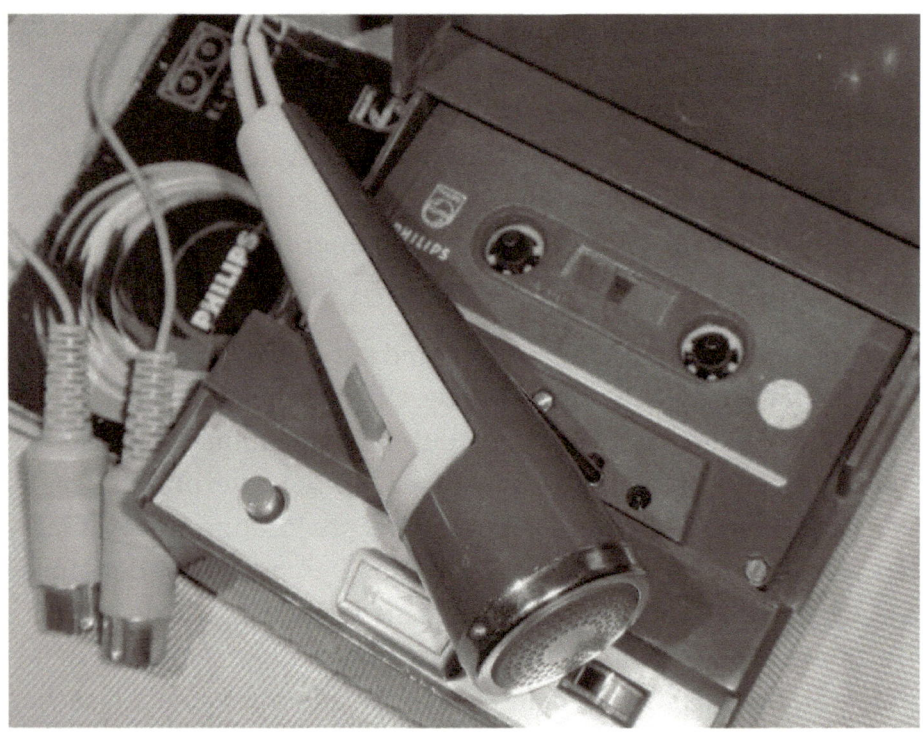

Der letzte Tee

Uwe H. Sültz

Nun saß er in seinem geliebten Lehnstuhl, trank dabei einen heißen Tee. Earl Grey war sein Lieblingsgetränk, so wie er jeden Tag von Josefine, seiner Hausangestellten serviert wurde. Sein Blick richtete sich auf den Cappenberger-See. Der Garten des herrlichen Anwesens war wunderbar gepflegt. Der Duft der Rosen drang bis zu ihm und ließ den Tee noch besser schmecken. Ein Mann, der in seinem Leben alles erreicht hatte, 67 Jahre alt, eine schöne Zeit wartete noch auf ihn, auf Herrmann Degrothe. Sein Imperium baute Degrothe in Unna und Dortmund mit eiserner Hand auf. Sehr schnell ging es bergauf, er diktierte wo es langging. Mit seiner ersten Frau Sonja hatte Herrmann Degrothe zwei Kinder; Frank und Georg. Schon sehr früh erklärte er ihnen den Erfolgsweg des Geldes. Degrothes Ex-Ehefrau Sonja, also die aus erster Ehe, denn jetzt war er ja mit Barbara verheiratet, hätte die Söhne lieber auf den Weg der Güte, der Liebe und der Ehrlichkeit geschickt. Aber Herrmann setzte sich durch. Nun saß also Herrmann Degrothe vor dem geöffneten Fenster, trank seinen Tee und erfreute sich an den Rosen, nein, er erfreute sich an seiner Macht. „Macht, die er auf Geschäftspartner, auf Angestellte, ja, sogar auf seine Familie ausübte." So schrieb es Sonja in einem Abschiedsbrief, den sie ihrer Schwester Barbara heimlich zukommen ließ. Herrmann Degrothe hatte von Anfang an vor, dass Sonja nur Kinder gebären sollte, am besten vier Jungen. Nach dem zweiten Kind ließ sich Sonja sterilisieren, das war ihr Tod.

Systematisch tyrannisierte Herrmann seine Frau. Jeder Tag wurde für Sonja zur Qual. Frank und Georg wurden angehalten, mehr aus den Geschäften herauszuholen. Für einen Hungerlohn zwang ihr Vater sie, erfolgreich zu sein und zu betrügen. Am Anfang des Geschäftslebens, als Sonja noch an Liebe dachte, schien alles gut zu laufen. Beide schrieben frühzeitig ihr Testament und übertrugen alles gegenseitig. Herrmann war auch noch einverstanden, dass im Falle eines Versterbens von beiden, die zwanzig Jahre jüngere Barbara als Erbin eingesetzt würde. Das lag nun vierzig Jahre zurück. Vor drei Jahren kam Sonja bei einem Unfall ums Leben, zumindest stand es so in den Polizei-Akten. Das Ehepaar Degrothe kam auf ihrer Jacht nahe des Lister Hafens auf Sylt in ein Unwetter. Herrmann kehrte allein zurück. Spekuliert wurde bis heute. Barbara kam zur Trauerfeier aus Rom in das Haus ihres Schwagers. Ihre kleine Wohnung konnte sie ohne weiteres ein, zwei Wochen allein lassen. Anhang hatte die hübsche junge Frau nicht. Sie trauerte im Haus der Degrothes. Bereits am zweiten Tag veränderte sich Barbara. Sie wurde schlapper, lustloser und müder. Herrmann war sehr zuvorkommend, verwöhnte sie mit köstlichem Tee. Die junge Frau ahnte nicht, dass sie mit Drogen vollgepumpt wurde. Bereits nach drei Monaten zwang Herrmann sie zur Heirat. Völlig willenlos sagte Barbara leise „Ja" zum Standesbeamten.

Man könnte denken, das damals verfasste Testament ließe sich doch einfacher aus dem Weg räumen. Nein, daran dachte Herrmann nicht mehr, er wollte die junge Frau als Eigentum, als Hörige. Mittlerweile flüchteten Frank und Georg aus den Firmen und der Macht des Vaters. Dem Druck hielten sie nicht mehr stand. Frank erfuhr, dass bei einem Immobiliengeschäft sein Vater einen Mitkonkurrenten aus dem Weg räumen lassen hatte. So gierig wurde Herrmann Degrothe im Laufe der Zeit. Heute arbeitete Frank als Buchhalter, Georg als Steuerberater. Natürlich in einem anderen Land. Wo genau, das wusste niemand. Barbara ereilte eine Hautallergie, eine unangenehme Sache, denn es juckte schrecklich.

Geistesgegenwärtig stellte sie ihre Nahrung um. Von nun an trank Barbara viel Wasser und aß nur trockenes Brot. Nach vier Wochen fühlte sie sich wie neu geboren. Herrmann verwöhnte sie wieder mit Tee, in den er die Drogen mischte. Nur durch Zufall bemerkte Barbara das Röhrchen mit dem weißen Pulver. Gab es noch mehr davon? Barbara durchsuchte das Haus. Sie wurde fündig. Das Pulver schmeckte leicht bitter, außerdem hatte sie ein betäubendes Gefühl auf der Zunge. Was sollte Barbara nun tun? Neuerdings war die Eingangstür verschlossen, vor den frei herumlaufenden Rottweilern im Garten hatte sie Angst. Josefine, die Hausangestellte, war ihre Rettung. Barbara setzte sich an den Schreibtisch ihrer verstorbenen Schwester, suchte Papier und Schreiber, um Josefine eine Hilfe-Nachricht zustecken zu können. Eine Kopie des Testaments lag unter allen Papieren, sowie eine Nachricht an Barbara. „Wenn du das liest, liebe Schwester, dann bist du so verzweifelt wie ich es war. Ich wollte einen Abschiedsbrief schreiben, dachte dann aber, warum soll ich mein Leben opfern. Ich wollte das Schwein umbringen..." Die ganze Lebensgeschichte war notiert, alles, aber auch wirklich alles kam ans Tageslicht. Aber, der letzte Satz war beängstigend: „Geh nicht zur Polizei, das Schwein lässt dich umbringen, er hat Mittelsmänner. Er ließ mich auch ständig überwachen. Bring das Schwein um und lebe mit dem Vermögen mit meinen geliebten

Söhnen in Frieden. Bitte spende etwas an ‚Frauen in Not' und ‚Menschen mit Drogensucht', du wirst es schon richtig machen. Deine Schwester Sonja." Herrmann saß immer noch auf seinem Lehnstuhl, blickte auf den See, genoss seinen Einfluss und seine Macht. Langsam schloss er die Augen, das Gift wirkte. Dieses Mal hatte er etwas im Tee. Dr. Dresen stellte lediglich einen Herzinfarkt fest.

Die Uhr tickt

Uwe H. Sültz

Der ins Alter gekommene Rechtsanwalt Heinrich Böllinghausen
bot seinen Mandanten und Freunden einen besonderen Service
an. Böllinghausen hatte so gut wie keine Aufträge mehr, was ihm
völlig egal war, denn er war bestens abgesichert. Gern saß er aber
in seinem Büro in Königsborn, las die Tageszeitung und genoss
um 12 Uhr 30 sein Mittagessen in der Kneipe nebenan, in der sein
Freund Walter der Besitzer war. Walter grillte die knusprigsten
Hähnchen.

Sein Safe war nicht mehr gefüllt, keine Akten waren mehr zu
archivieren, alles war entsorgt. Gegen einen kleinen Beitrag von
zehn Euro im Monat, konnten jetzt ehemalige Mandanten und
Freunde einen Schuhkarton mit ihren Habseligkeiten darin
deponieren. Böllinghausen war ja immer vor Ort, sogar an vielen
Wochenenden, es erwartete ihn zu Hause in Kamen auch niemand
mehr. Die beiden Söhne hatten ihre Kanzlei in weit entfernten
Städten und seine Frau war seit nun genau 8 Jahren verstorben.
„Mein Name ist Mike Gehldorf, es empfahl Sie Herr Gerhard
Wenninger, er war einmal Mandant bei Ihnen. Es ging um
Erbrecht und so.", Herr Gehldorf, ein etwa 35 Jahre alter und
gepflegter Mann stellte sich bei Rechtsanwalt Böllinghausen vor.
„Das ist ja nett, aber ich praktiziere nicht mehr.", sagte
Böllinghausen. „Nein, nein, ich möchte etwas bei Ihnen
deponieren. Ich bin Goldschmied, müsste täglich an meine Sachen.
In meinem neuen Geschäft wird erst in etwa drei Wochen ein

Tresor eingebaut!" Beide einigten sich auf eine Aufbewahrungszeit von maximal vier Wochen. Gehldorf prüfte eingehend den Safe und die Kanzlei. Zwei Straßen weiter wartete Dirk Bosner auf Mike Gehldorf in seinem alten angerosteten Golf. Gehldorf im gepflegten Zwirn in einem in die Tage gekommenen Golf? Nun, sie und zwei weitere Männer hatten es lediglich auf Böllinghausens Tresor abgesehen, mehr nicht. Eine erfahrene Verkäuferin aus einem Bekleidungsgeschäft hätte sofort die abgewetzten Stellen an Jackett und Hemd bemerkt. Für einen Goldschmied mit großen Umsätzen bestimmt nicht tragbar. Die beiden anderen in der Ganovenrunde kannten sich mit dem Bau von Bomben aus. „Die Tür zur Kanzlei ist leicht zu knacken. Am Nachmittag, vor unserem Bruch, lege ich die Haustür des Geschäftshauses lahm. Kurt, kümmere dich mit Toni um die Bombe. Wie habt ihr das eigentlich genau vor?", fragte Bosner. „Wir werden zwei Bomben bauen. Beide mit Zeitzünder, beide sind mit Atomuhren bestückt. Eine der Bomben wird an unserem Golf montiert und eine Straße weiter geparkt, mit der anderen sprengen wir den Safe.", so Toni. „Klingt perfekt. Alle sind mit dem Auto beschäftigt. Ich habe uns einen BMW günstig erstanden. Bis zur Grenze nach Holland wird er es schon schaffen, er ist bereits vollgetankt, randvoll!", sagte Mike.

Der große Tag kam, die bis ins Detail durchdachte Idee wurde umgesetzt.

Samstag, 17 Uhr: Bosner blockierte mit Zange und Schraubendreher die Geschäftstür.

17 Uhr 10: Gehldorf umkurvte den Block, bis er direkt vor dem Geschäftshaus einen Parkplatz für den BMW findet. Toni platzierte bereits den Golf in der Nachbarstraße.

Der Herbst zeigte seine dunklen Tage, um 19 Uhr 40 betraten alle das Geschäftshaus. Tatsächlich ließ sich die Tür zur Kanzlei leicht aufbrechen. Die Bombe wurde am Tresor platziert. „Wie lange noch, Toni?", fragte Bosner. „Noch etwa acht Minuten, gehen wir in Deckung!", so Toni. Sie verschanzten sich im Nachbarraum. Hier standen schwere Metallregale mit alten Akten, die auf den Reißwolf warteten. Drei, zwei, eins ... ein Knall war zu hören. Der Golf stand in Flammen. Die Bombe am Tresor versagte. Warum auch immer! „Los raus hier, nimm die Bombe mit, Toni!", schrie Bosner. Sie warfen sich in den BMW und kratzten die Kurve. „Verdammt, die Atomuhr hat den Kontakt zum Sender verloren, steht auf Sommerzeit! Verdammt!", ärgert sich Toni.

... ...

In den Nachrichten war zu hören: „Autobahn BAB 52 in Richtung Niederlande explodierte bislang aus unbekannten Gründen ein PKW. Die vier Männer kamen dabei ums Leben!"

Ordnung muss sein

Uwe H. Sültz

Angelika Parker war eine attraktive Geschäftsfrau in Unna. Zudem war sie auch sehr erfolgreich. Mit 36 Jahren schien sie nun auch den richtigen Partner kennengelernt zu haben. Konrad war Geschäftsführer; nun, eigentlich Verkäufer; also, wenn man es ganz genau nahm, Lagerist in Dortmund. Aber er stellte sich überall als Geschäftsführer vor. Sein Aussehen und seine Visitenkarten waren schon ein echter Hingucker. Angelika war richtig verschossen in ihn. Es störte nur, dass Angelika für ihre Liebsten so wenig Zeit erübrigen konnte. Denn auch Ella Mops kam viel zu kurz. Gassi-Gehen erledigte die Hausangestellte Giesela. Die Mopshündin war sehr glücklich darüber und bedankte sich damit, dass sie heruntergefallenen Abfall aus dem ganzen Haus in die Küche bis vor den Mülleimer trug. „Gehen wir heute noch zum Griechen?", fragte Konrad. „Du, Conny, sei mir nicht böse, ich muss dringend die Geschäftsbücher durcharbeiten. Geh' du nur, vielleicht komme ich noch nach", erwiderte Angelika. Konrad stieg in seinen Jaguar und brauste los. Angelika schenkte ihm den Wagen im letzten Monat. Konrad sprach von festen Geldanlagen für beider Zukunft, da konnte er sich einen neuen Nobelwagen wohl nicht leisten. Und einen Kleinwagen wollte Angelika nicht vor ihrer Villa stehen sehen.

„Hey, Conny, wo ist denn deine Superbraut?", tönt es Konrad beim Griechen entgegen. „Sie hat wie immer zu tun. Ist Susi heute hier?" Konrad schaut sich angeregt um. Im Minikleid und mit tiefem Ausschnitt stand Susi schließlich vor Conny. „Ach ich bin hin und hergerissen von dir. Für dich würde ich alles tun.", schwärmte Conny als er Susis geilen Kurven sah. „Wir werden sehen, Conny, ob du das wirklich tust.", sagte Susi, schmieg ihre Oberweite an Connys Körper und schaute ihm tief in die Augen. „Meine Schwester hat Recht, Conny. Langsam müsstest du dich doch entscheiden, oder? Sie ist immer für dich da, in allen Beziehungen, du weißt schon, was ich meine. Deine Vorzeigedame ist doch trostlos.", redete Toni auf Conny ein. „Hast ja Recht, aber ohne sie komme ich mit meiner Kohle nicht klar.", redete Conny Klartext.

Am nächsten Tag fuhr Conny zu Angelika. Er wollte etwas sagen, da unterbrach ihn Angelika: „Conny, begleite mich morgen bitte nach Münster. Hier im Tresor lagern Diamanten und Bargeld von mehreren Millionen. Ich habe mich von meinem Juweliergeschäft in Unna getrennt. Allein wollte ich auch nicht zur Bank." Conny schaute Angelika überlegend an. „Conny? Bist du hier?", lachte Angelika. „Oh ja, entschuldige bitte, natürlich begleite ich dich. Ich fahre jetzt zu mir, tanke den Jaguar und lege mich hin, dann bin ich morgen fit!", sagte Conny etwas nachdenklich. Als angeblicher Geschäftsführer hatte Conny ebenfalls einen Koffer in Angelikas Tresor deponiert, so kannte er den Code. Statt in seine Wohnung zu fahren, fuhr Conny zum Griechen. „Susi ist nicht hier, Conny.", sagte Toni. „Ich will auch zu dir, Toni, hast du Zeit?", fragte Conny. An einem abgelegenen Tisch schmiedeten beide einen Plan.

Um Mitternacht brach Toni einen älteren Golf auf. „Hier die Walther Pistole, Conny. Vergiss nicht, sie abzuwischen und sie in ihre Hand zu legen. Ihre Fingerabdrücke müssen deutlich zu sehen sein.", erklärte Toni und fuhr fort: „Wer weiß noch von den Diamanten und der Kohle?" „Niemand, nur ich.", antwortete Conny. Am Tatort angekommen, schloss Conny leise die Tür auf. Angelika saß noch mit einem Glas Wein am Schreibtisch. Lilly Mops lag im Körbchen. Der Kamin brannte langsam aus. „Nanu, Conny, ich dachte du schläfst bereits?", fragte Angelika. „Ich wollte dich mit so viel Geld nicht alleine lassen.", flüsterte Conny und ging um den Schreibtisch herum auf Angelika zu. Er wollte ihr gerade einen Kuss auf die Wange geben, da zog er die Walther und schoss erbarmungslos in ihren Kopf. Die Waffe ließ er zu Boden fallen. Toni sah alles vom Fenster aus, er schlug die Scheibe ein und öffnete das Fenster. Danach rannte er zum Golf. Conny gab den Zahlencode im Tresor ein und nahm alles heraus, was er finden konnte. Den Golf versteckten sie im Wald nördlich von Königsborn. Der Jaguar war nicht weit entfernt geparkt. „Hast du an die Fingerabdrücke gedacht?", fragte Toni. „Um Gottes Willen, ich hab's vergessen!", jammerte Conny. „Mist. Dann ändern wir den Plan. Setz' mich an deiner Wohnung ab. Ich teile schon die Beute. Fahr' du zurück, wisch' die Waffe ab und drücke sie ihr in die Hand", befahl Toni. Conny fuhr los. Zwei Straßen vor Angelikas Haus parkte er. Er schloss die Tür auf. Alles schien gut zu laufen. Er stürmte zum Schreibtisch. Aber die Waffe war verschwunden. Conny suchte alles ab. Er fand sie nicht. Erfolglos verzog er sich.

Am nächsten Morgen öffnete Giesela die Haustür. Ella Mops wimmerte fürchterlich. „Ich bin ja da, Ella Mops. Jetzt gehen wir unsere Hunderunde!", rief sie. Im Wohnzimmer erschrak sie fürchterlich. Sie sah ihre Arbeitgeberin blutüberströmt am Schreibtisch. Sie rief die Polizei. Die Polizei untersuchte alles. Giesela kümmerte sich nun um Ella Mops. Sie ging in die Küche, da lag der Mops. Reinlich wie er war, hatte er die schwere Waffe bis zur Mülltonne geschleppt, so wie Ella Mops alles Heruntergefallene dahin brachte.

Der Rest war für die Kripo Unna ein Kinderspiel, denn die auf der Waffe gefundenen Fingerabdrücke waren ja im ganzen Haus zu finden. Es war ein interessanter Fall für Kriminalkommissarin Ilona Eickwinkel und Kriminalkommissar Uwe Lukas.

Ein Toter wird reden

Renate & Uwe H. Sültz

Inspektor Blake arbeitete schon lange im Stadtteil Kensington. Er hatte sich vor einigen Jahren hierher versetzen lassen. Vorher wohnte er in Waterloo- London Bridge. Dass er nach Kensington versetzt wurde, war ihm nur recht. Irgendwie liebte er diesen Stadtteil, da hier viele Persönlichkeiten wie zum Beispiel Freddy Mercury oder Newton und auch die berühmte Schriftstellerin Virginia Woolf lebten. Kensington war sehr belebt, die Bevölkerung wuchs ständig. Aber auch die Kriminalität. Inspektor Henry Blake war im besten Alter und hatte noch einige Jahre zu arbeiten. Kein Problem, denn er liebte seinen Beruf. Da er keine Familie hatte, konnte er täglich Überstunden machen und sich gänzlich seinem Job widmen. Eine Heirat hatte er immer als Ballast empfunden. Dagegen war sein Assistent Tom Sidney glücklich verheiratet. Zwar kinderlos, aber das war ihm egal. Na ja, jedenfalls tat sich einiges in der Verbrecherbekämpfung. Die beiden Polizisten hatten alle Hände voll zu tun. Sie liebten ihren Job, obwohl es immer schwieriger wurde, gegen dieses grausame Morden vorzugehen.

Am Morgen des 12. Dezember 1991, sie fuhren gerade durch den Stadtteil Streife, sprang das Funkgerät im umgebauten Austin FX4 an. Der Wagen diente einst als Taxi. Tom Sidney und Henry Blake erschraken wie jedes Mal, wenn das schrille Dröhnen aus dem Gerät drang. „Dieses verdammte alte Ding, schimpfte Tom, da kriegt man ja einen Infarkt." „Hallo, ihr zwei Gauner", hörte man am anderen Ende der Leitung eine angenehme Frauenstimme rufen! Henni war eigentlich schon in Rente, aber mit ihren 70 Lenzen noch geistig auf Zack. Die Firma riss sich um sie und Henni machte gerne ihren Job. Sie war froh, noch gebraucht zu werden. Gelassen sprach sie weiter mit ihrer noch recht jugendlichen Stimme: „In der Kings Road liegt ein Toter an einem Wasserhydranten, beeilt euch." „Klar Henni, machen wir doch glatt, Süße", rief Blake durch das Mikrophon!" Sie rasten, was das Fahrwerk des alten Austin her gab los. „Gibt es hier in dem verdammten Stadtteil auch mal Tage, an denen nicht gemordet wird!", rief Tom Sidney fast ungehalten. „Ich glaube kaum", stöhnte Henry. Am Tatort angekommen, sprangen sie aus dem Wagen und handelten schnell. Der Tote war etwa 1,80 groß, laut seinem Ausweis 75 Jahre alt. Er war außerdem sehr elegant gekleidet. Der alte Herr trug eine Melone, die wohl während des Falls etwas verrutschte und ihm schon fast lustig anzusehen, im Gesicht hing. Der Mantel, den er trug, war aus feinstem Kamelhaar gearbeitet. „Also wie man vermuten konnte, kein armer Mann", sagte Inspektor Henry Blake zu Tom Sidney. Justus Hoffmann, war ein deutscher Geschäftsmann, der vor Jahren nach London kam, um hier die Firma seines verstorbenen Bruders, samt seiner eigenen Firma weiterzuführen. Blake erfuhr am Telefon, dass Justus heimlich mit Waffen handelte und seine Geschäfte weit bis über den Globus bekannt waren. Er lebte schon lange in London – so erfuhr man – und machte hier unentdeckt seine Nebengeschäfte. Aber wer hatte Interesse, ihn zu töten und warum? Vor allen Dingen, wie brachte man ihn um? Der Tote verbreitete einen recht unangenehmen Gestank. „Eigentlich ungewöhnlich für einen gerade Ermordeten", sagte Tom. Sie riefen einen Leichenwagen. der den Toten sofort zur Untersuchung in die Obduktion brachte. Die Inspektoren fuhren zurück in ihr Büro und warteten auf Ergebnisse. Die Zeit verging und langsam wurde Henry unruhig. „Mann, das zieht sich heute aber wie Kaugummi hin. Möchte wissen was die alles untersuchen." Weitere Stunden später klingelte endlich das Telefon. Henry nahm den Hörer ab und wartete gespannt auf Informationen. „Reden sie schon Doktor, was haben sie herausgefunden?" Zunächst war Stille am anderen Ende der Leitung. „Tja, was soll ich sagen", sprach der Arzt von der Leichenbeschau. „Der Mann weist keinerlei Spuren eines Kampfes auf. Keine Einstichstellen, keine Würgemale, keine Einschusslöcher. Nichts." „Ja danke. Und wie soll es weiter gehen?" „Wir müssen solange suchen, bis wir wissen, wie er ums Leben kam, Inspektor. Das wird einige Zeit dauern, bitte noch Geduld." „Danke Doktor", antwortete Blake, „wir haben ja eh nichts zu tun. Bis die das von der Pathologie rausbekommen haben, ist die Leiche verfault", witzelte der Inspektor. Die Tage vergingen und nichts tat sich. Eines Morgens meldete sich Dr. Braun: „Hallo Leute, es kann weitergehen. Im Fall Opa 75 haben wir ein unglaubliches Ergebnis vorzuweisen." Inspektor Blake wurde ungeduldig: „Jetzt rücken sie endlich raus mit der Sprache, Doktor!" „Tja, wie soll ich es nur sagen? Es ist so", druckste der Arzt herum, „der Tote wurde quasi von innen in die Luft gejagt. Der Darm ist total zerfetzt. Die gesamten inneren Organe sind zerstört." „Anhand des Geruchs merkte man schon, dass was nicht stimmte", sagte Inspektor Sidney. „Aber wie sollen wir das verstehen?" „Es wurde ihm ein Zäpfchen verpasst, das mit einem Zeitzünder per Funk aktiviert wurde", sagte Braun, ein außerordentlich guter Pathologe. Aber hier verlor er fast den Verstand, denn er konnte nicht begreifen, wozu Menschen im Stande sind. Der Arzt erklärte weiter: „Es handelt sich hier um eine kleine Kapsel in der Form eines Zäpfchens, das mit hochaktivem Sprengstoff gefüllt war." „Und wer hat sie ihm in den Darm gesteckt?", fragte Henry Blake. „Ich werde hier meine Arbeit beenden", sagte der Arzt. „Mehr kann ich nicht tun." Die Inspektoren hatten jetzt Arbeit vor sich. Blake und Sidney mussten draußen Luft holen, denn einen solchen abartigen Mord hatten sie noch nicht aufklären müssen. Mit welchen Leuten hatte Hoffmann zu tun gehabt? Wer war zuletzt bei ihm oder wo war er? Da er seit Jahren heimlich mit Waffen handelte, konnte man sich eigentlich denken, was dahinter stecken könnte. Sie durchsuchten seine Wohnung. Ein paar Telefonnummern und einige Zettel mit Namen waren die Ausbeute. „Warten Sie, Henry", sagte Tom, „Lassen Sie uns in den riesigen Schrank schauen, der in seinem Schlafzimmer steht." „Klar doch, hätte ich fast vergessen", antwortete sein Kollege. Als sie die riesige Tür öffneten, fiel ihnen ein Koffer aus den 1920'er Jahren auf. Tom ließ nicht locker und brach den verschlossenen Koffer auf. Bündelweise fielen ihnen die Geldscheine entgegen. Henry war nicht mal überrascht, denn in den Kreisen, in denen sich der Tote bewegte, wurde mit viel Geld gearbeitet. Waffenhandel musste schnell und mit Barem bearbeitet werden. Henry Blake und Tom Sidney stöberten jetzt erst recht überall nach irgendwelchen Hinweisen, die zur Aufklärung des Mordes führen könnte. Sie nahmen alles auseinander, bis einer der beiden schließlich eine Liste mit Namen fand, die zwischen den Geldbündeln versteckt war. Sie schlossen alles hinter sich ab und die eigentliche Arbeit begann für die

Inspektoren in ihrem Büro. Sie durchleuchteten jede Person, bis sie auf einen Unternehmer stießen, mit dem sie nie gerechnet hätten. Niclas Dimitrius. Ein eigentlich unauffälliger Mann, der mit seiner Lebensmittelfirma weltweit bekannt war. Er verkaufte seine berühmten Dimitrius Brotaufstriche recht gut. Ein reicher Mann, der eigentlich mit seinem Leben zufrieden sein musste. Inspektor Blake ließ ihn auf Herz und Nieren überprüfen. Wie erwarten stellte sich heraus, dass Dimitrius mit Waffen handelte, wie Justus Hoffmann auch. „Aber was hatten sie gemeinsam?", sagte Tom. „Ist doch klar", antwortete Blake. „Sie handelten beide mit Waffen. Hoffmann besorgte sie, wenn die Nachfrage dafür da war. Justus war durch seine Geschäfte aber auch mit den Geschäften des Waffenhandels gut bekannt. Das hatte ihm das Leben gekostet." Die Inspektoren forschten weiter. Es stellte sich heraus, dass Hoffmann auch im Drogenhandel kräftig mitmischte und ganz in den kriminellen Abgrund abgerutscht war. Er wurde von jemandem ermordet, der es arg nötig hatte. Henry Blake und Tom Sidney kamen zu der Überzeugung, dass dieser perverse Mord nur in der Drogenszene geschehen konnte. Tom sagte: „Wo sollen wir denn da suchen? Wo sollen wir anfangen?" Henry überlegte. „Lass uns einmal versuchen, logisch die Sache aufzurollen. Das viele Geld. Wir müssen unbedingt noch einmal in die Wohnung", sagte Inspektor Blake schon fast resigniert. Sie fuhren los, aber mit einem schlechten Gefühl im Magen. „Irgendwas erwartet uns noch, ich weiß aber nicht was es genau ist", meinte Tom. „Dieser verfluchte Regen!", regte sich Henry auf. „Man sieht die Hand vor Augen nicht und warum müssen heute alle gleichzeitig mit dem Auto fahren? Es ist einfach zum kotzen." „Aber Inspektor", versuchte Tom ihn zu beruhigen, „die neuen

Scheibenwischer liegen im Kofferraum, wir hätten dran denken müssen." An der Eigentumswohnung des Justus Hoffmann angekommen, ahnten die beiden schon etwas. Die Tür war angelehnt, das Siegel abgerissen. Vorsichtig traten sie ein. Da sie von Berufswegen Leisetreter waren, wenn sie in eine Wohnung gingen, hörte der Mann nicht, dass sie hinter ihm standen. Er war Anfang 30, völlig heruntergekommen und wühlte in den Unterlagen herum. „Bleiben Sie still stehen und drehen Sie sich langsam um, wenn Sie ihre Waffe, sofern Sie eine besitzen, fallengelassen haben!" Langsam, mit zitterndem Körper drehte sich der Mann zu den Inspektoren um. Er nahm die Hände hoch und ließ sich bereitwillig untersuchen. „Wer sind sie?", fragte Tom leise. „Ich heiße Fred Bailys. Hoffmann hat mit versprochen, an Heroin zu kommen, ich brauche es dringend." „Wo waren sie vor zwei Wochen um 12.54 Uhr?", fragte Henry Blake. „Woher soll ich das denn jetzt noch wissen", zitterte der Mann herum. „Erinnern sie sich gefälligst, es geht hier um einen gemeinen Mord." Der Mann wirkte ängstlich und begann vorsichtig an zu reden: „Ich habe ihn nicht getötet, aber ich kann Ihnen andere Dinge erzählen, die Ihnen eventuell weiter helfen können. Ich lernte Hoffmann auf einer Wohltätigkeitsveranstaltung kennen. Hier in London natürlich. Ich wusste aber auch, dass dort insgeheim Geschäfte getätigt wurden, die nicht sauber waren. Hier wurde mit Millionen jongliert. Justus schmierte den jungen Leuten Honig ums Maul und verteilte kostenlos Kokainproben. Hinzu kam, dass auf diesen Veranstaltungen auch miese Waffengeschäfte abgehandelt wurden." „Kaum vorstellbar", sagten beide Inspektoren. „Aber warum sind Sie hier eingebrochen?" „Die Tür war auf, da hat vor mir auch jemand versucht, es ihm heimzuzahlen", sagte Fred Baleys. „Hoffmann hat mich, wie auch viele andere, mit seinen Heroinproben abhängig gemacht. Er verteilte sie immer wieder an die Abhängigen, die dann schmutzige Arbeiten für ihn erledigen mussten. Ja, dieses Schwein hat mich zu einem Kriminellen gemacht. Ich hasse ihn. Ja, ich brauche Geld, viel Geld für Heroin und Kokain. Er hatte dieses Geld. Jeder wusste, dass er die Scheine Bündelweise in seiner Wohnung hortete. Ich wollte heute zu ihm und ihn um einen Kredit bitten, der ihm nicht wehgetan hätte. Als ich sah, dass die Tür offen stand, wollte ich mich selbstverständlich bedienen, ich gebe es zu. Selbst er hatte bei vielen Geschäftsleuten Schulden. Er konnte zwar bezahlen, hat es aber immer darauf ankommen lassen. Er gab im Ausland Waffenbestellungen für seine Kunden auf, die mittlerweile fast auf dem ganzen Globus verteilt waren, Waffen, die er in einem alten Lagerhaus am Hafen deponierte. Auch die Drogen versteckte er hier", sagte der Mann, der sein Zittern nicht mehr unter Kontrolle hatte. „Aber gerade, weil es um diese schmutzigen Geschäfte ging, hätte er besser aufpassen müssen. Immer wieder legte er es darauf an." Nachdem die Inspektoren dem Drogenkranken Mann erzählt hatten, wie Hoffmann starb, sagte dieser: „Wissen sie, sein Umfeld ist sehr groß gewesen, da suchen Sie die Nadel im Heuhaufen." Inspektor Blake entgegnete: „Sie haben Recht, das wird im Sand verlaufen." „Wo sollten wir anfangen zu suchen?", meinte Tom. „Vermutlich müssten wir in Russland, China und der Türkei suchen, denn von dort hat Hoffmann die größten Waffen- und Drogenlieferungen bekommen. Wissen Sie, Baleys, in Ihrem Fall werden wir ein Auge zudrücken, denn wir haben keine Drogen bei Ihnen gefunden." Die Inspektoren schlossen den Fall als unlösbar ab. Außerdem war er ihnen einige Nummern zu groß. Sie fuhren mit dem alten Austin in ihr Büro und schlossen die Akte Justus Hoffmann für immer.

Sylt – Mord unter Deck

Wolfgang „Koli" Kolrep

Schweißgebadet wachte Kriminalhauptkommissar Jens Petersen um 7 Uhr auf. „Ulla!", schrie er, „ich habe verschlafen!" Jedoch waren seine Frau Ulla und Tochter Roberta auf Mallorca. „Was wollen die beiden auf Mallorca? Sylt ist die schönste Insel", grummelte Petersen. Es war ein Gewinn für zwei Personen. Sieben Tage Malle mit allem Drum und Dran. „Moin!", rief Petersen in die Runde auf der Wache in Westerland. „Schlecht geschlafen, Herr Kollege?", fragte Kommissar Friedrichsen. „Ach, Ulla ist im Urlaub. Ich habe von einem Mord in List geträumt und dachte, ich hätte verschlafen", so Petersen. „Hier ist doch sowieso nichts los", sagte Praktikant Hannes Hansen kleinlaut. „Irrtum, Herr Oberkommissar in Wartestellung! Nicht in List ist etwas los, sondern in Munkmarsch. Meine Herren, ab zum Einsatzort!", entgegnete Friedrichsen. Im Hafen von Munkmarsch angekommen, zeigte Kellner Sörensen auf die Motoryacht „Anna Nass". „Der Gast wollte bereits vor dem gestrigen Sturm im Hafen anlegen, nun liegt er bei Ebbe und Flut am Watt. Die Yacht war leicht gekippt und lag nun trocken. „Wie kommen wir nun zu diesem Schiff?", fragte Praktikant Hansen. „Na zu Fuß, Hannes, außerdem ist das kein Schiff sondern eine Yacht. Nun hole die Gummistiefel aus dem Auto", ordnete Kriminalhauptkommissar Jens Petersen an. „Ich habe auch die Leiter mitgebracht!", rief Hannes Hansen stolz. „Aus dir wird noch ein echter Oberkommissar – nach der Wartestellung", lachte Petersen. Auf der Yacht wartete jedoch eine Überraschung. Sie fanden den leblosen Körper von Dirk van Bertram, sein Kopf schwamm in einer Blutlache. Der Tote lag auf dem Bauch. Die Untersuchung begann. „Vergiss die Handschuhe nicht, Hannes!", rief der erfahrene Kommissar Petersen seinem Praktikanten zu. „Hier liegt eine Brieftasche. Der Name des Toten ist Dirk van Bertram. Seltsam, 2500 Euro sind im Scheinfach. Wollte die der Mörder etwa nicht?", wunderte sich Hannes Hansen. „Es muss ja kein Mord sein, Hannes", entgegnete Petersen. „Er wird sich doch nicht selbst einen auf die Mütze gegeben haben!", sagte der Praktikant. „Apropos Mütze, eine Kapitänsmütze lag auf dem Deck", so Petersen. Er rief Dr. Knudsen in Keitum an, um den Toten untersuchen zu lassen. Nach zwei Stunden hatten beide die Yacht auf den Kopf gestellt. Nichts Auffälliges konnten sie finden. „Hannes, hole den Dok aus Keitum ab, er ist jetzt in seiner Praxis", sagte Petersen. „Chef, die Flut ist gekommen. Soll ich das kleine Schiff nehmen?", fragte Hannes Hansen. „Das ist ein Boot, du Tütkopp, ein Schlauchboot mit Motor!", rief Petersen. „Spaß, Chef, war doch nur Spaß!" „Moin, Jens. Was kann ich für dich tun?", fragte Dr. Knudsen. „Ach, ich sehe es schon." Dr. Knudsen drehte den Toten auf den Rücken. „Hier ist ja noch eine Brieftasche zu finden!", rief Hannes Hansen. „Ja, da schau an. Na, der Fall wird wohl sehr einfach zu lösen sein. Herbert Hövel gehört die Brieftasche. Ausweis, Führerschein und 200 Euro sind darin", freute sich Kriminalhauptkommissar Petersen. „War es ein Unfall oder ein Mord, Dok?", fragte der Praktikant. „Es war ein Schlag auf die Schläfe, sucht nach entsprechenden Gegenständen", so der Doktor. „Tja, da haben wir viele Möglichkeiten. Hier liegen Sektflaschen, schwere Bierkrüge, Werkzeuge und sogar ein Toaster herum", der Kommissar fuhr sich durch die Haare. „Es kann ein Unfall gewesen sein, verdächtig ist die zweite Brieftasche", so Petersen weiter. Zurück in der Wache schrieb Kriminalhauptkommissar Jens Petersen seinen Bericht. „ … es wurde eine weitere Brieftasche gefunden, mit Ausweispapieren von Herrn Herbert Hövel", murmelte Petersen. „Herbert Hövel?", fragte Kommissar Friedrichsen, der gegenüber saß. „Den haben wir vor zwei Stunden aus einer Bar abgeholt. Er konnte die Zeche nicht bezahlen", so Friedrichsen weiter. „Dann haben wir ein Problem. Vielleicht war es doch ein Unfall", überlegte Petersen. Nachfolgende Recherchen ergaben, dass sich Herbert Hövel und Dirk van Bertram gut kannten. Dirk van Bertram war Diamantenhändler und Herbert Hövel Kurier. Herbert Hövel gab an, nachts noch vor dem Sturm eine Tour durch die Whisky-Meile unternommen zu haben. Nach dem Abendessen in Munkmarsch steckte van Bertram wohl aus Versehen Hövels Brieftasche ein. Hövel konnte seine Aussage belegen und wurde frei gelassen. „Nun, dann wird van Bertram durch den heftigen Seegang im Sturm gestürzt sein. So hat er sich dann wohl die Kopfwunde zugezogen", vermutete Jens Petersen. „Das ist ja wieder ein langweiliger Fall", murmelte Praktikant Hannes Hansen. „Auf keinem der Gegenstände sind Spuren zu finden", sagte der Doktor, der seinen Bericht abgeben wollte. „Aber von so vielen Flaschen Rum und Champagner bin ich ganz besurpen, nehmt bloß keine Blutprobe bei mir!", lachte er. „Wenn Sie wieder nüchtern sind, dann sagen Sie, ob Ihnen sonst nichts aufgefallen ist", sagte Friedrichsen. „Wenn Sie so fragen, eine Gürtelschlaufe ist gerissen. Aber das wird wohl nicht wichtig sein, obwohl, es ist eine Qualitätshose von Boss", ergänzte Knudsen. „Hannes, zeige noch einmal die Brieftasche vom Opfer!", rief Petersen. „Schaut einmal, hier ist eine Öse, es könnte eine Kette angebracht gewesen sein", so Petersen weiter. „Genau, und diese ist an der Gürtelschlaufe befestigt gewesen", überlegte Dr. Knudsen. „Dann sucht die Kette!", ordnete Friedrichsen an. Die Yacht lag im Hafen von Munkmarsch. Kriminalhauptkommissar Jens Petersen und Praktikant Hannes Hansen zerlegten nun alles. „Was vermuten Sie, Chef?", fragte Hansen. „Nun, entweder wollte der Tote seine Brieftasche mit einer Kette sichern oder es war etwas an der Kette, was abgerissen wurde", sagte Petersen. „Finden wir die Kette, dann ist der Fall abgeschlossen und du hast pünktlich Feierabend!" „Boa, das ist ja Luxus pur, der LED-Fernseher verschwindet auf Knopfdruck hinter eine Wand!", rief Hannes. „Und? Suche weiter!", rief Petersen. „Ja, dieses Bild müsste eigentlich dort hängen, hier ist der Haken zum Aufhängen", staunte Hannes Hansen. „Chef, da ist ein Tresor hinter dem Fernseher!", schrie der Praktikant. Am Tresor war ein Schlüssel eingesteckt. Am Schlüssel hing eine Kette. Es war die gesuchte Kette. Jetzt war es wahrscheinlicher, dass es sich doch um Mord handelte. Die Kette mit Schlüssel könnte bei einem Kampf abgerissen worden sein. „Diamanten, 2.500 Euro in der Brieftasche, Alibis, hier stimmt doch etwas nicht", analysierte Jens Petersen. Petersen ordnete die Überwachung von Herbert Hövel an. Der tourte immer noch in der Whisky-Meile umher. Jetzt war er in ständiger Begleitung eines jungen Mannes. „Das ist alles sehr verdächtig. Lasst uns Undercover arbeiten", sagte Petersen auf der Wache. „Ich erledige das!", rief Praktikant Hannes Hansen. „Na, dann zeig mal, was du kannst, Herr Oberkommissar in Wartestellung", sagte Kommissar Friedrichsen. In der Bar wartete Hansen bis Herbert Hövel abgefüllt war. Dann kam die

Gelegenheit, um mit Hövels Begleiter Kontakt aufzunehmen. Beide schwärmten für Ferrari, Rolex und Frauen. „Ich bin der Siggi. Lass uns noch einen heben, mein Vater ist ja schon fertig mit der Welt!", sagte Siggi Hövel, dessen Name ja nun bekannt wurde. „Ja, eine Rolex hätte ich auch gern", schwärmte Hannes Hansen. „Die kann ich alle kaufen, alle! Schau her, ein ganzes Säckchen Diamanten. Mein Vater und ich handeln damit. Uns gehört die Welt!", ritt sich Siggi in die Falle. Noch in der gleichen Stunde wurden Vater und Sohn Hövel festgenommen. Beide gestanden, die Geschichte vorgetäuscht zu haben, um an die Diamanten zu kommen. Was interessieren 2.500 Euro, die Diamanten hatten einen Wert von einer Million. Siggi Hövel erschlug Dirk van Bertram und raubte die Diamanten. Die Tatwaffe, ein Flasche Rum, warf er über Bord. Der Fall war gelöst. „Endlich einmal Action!", rief Praktikant Hannes Hansen.

Mord in London

Renate & Uwe H. Sültz

Einsam lief sie durch die Straßen von London. Jane war eine aufgeschlossene, junge Frau, die für ihr Alter von 25 Jahren schon einiges hinter sich gebracht hatte. Sie studierte Physik und war auf dem Weg zu ihrer kleinen Kellerwohnung im Herzen der Londoner East-Ends. Einst wurde diese Straße gebaut, um die große Anzahl von Seidenwebern unterbringen zu können. Heute ist diese Straße das Zentrum der wachsenden Industrie. Jane McNeal lief langsam. Die Straße zu ihrer Wohnung war schlecht beleuchtet und das alte Pflaster lud zum Stolpern ein. Plötzlich hörte sie hinter sich Schritte. Erst gemächlich, dann immer kraftvoller und schneller. Jane bekam Angst. Sie drehte sich um, aber nichts war zu sehen. Sie ging weiter, aber die Angst saß ihr im Nacken. Plötzlich ein dumpfer Schlag, ein leises Aufstöhnen und Jane lag in ihrer Blutlache. Durch diesen Schlag auf den Schädel war sie sofort tot. Die Schritte des Täters verhallten in der Dunkelheit und er verschwand ungesehen.

Inspektor Dennis Hopkins war gerade dabei seinen morgendlichen, starken Kaffee in seinem Büro zu trinken, als ihm die Meldung vom Mord des jungen Mädchens auf den Schreibtisch flatterte. Sein Assistent Jim Laurel und er machten sich auf den Weg zum Tatort. Hopkins hatte kaum geschlafen. Probleme mit seiner Frau raubten ihm den letzten Nerv. Nach so vielen Jahren Ehe nicht verwunderlich, denn seine Frau ist älter als er und hat kein Verständnis, wenn er ständig nur im Büro sitzt und irgendwelche Fälle durchkaut, die nicht gelöst wurden. Jane McNeal lag in ihrem Blut, eine junge Frau, die voller Tatendrang und Lebensmut war. Heimtückisch von hinten erschlagen. Hopkins war entsetzt, er hatte schon viel im Laufe seiner Zeit als Inspektor gesehen, aber da blieb ihm die Luft weg. Er musste wegschauen, denn es war mehr als grausam. Der Schädel des Mädchens war total zertrümmert, sodass die Gehirnmasse austrat. „Bitte sichern sie den Tatort und suchen sie nach Hinweisen, die eventuell auf den Täter schließen könnten.", sagte Dennis Hopkins. Der Inspektor war schneeweiß im Gesicht als er in seinen fünfzehn Jahre alten Mini Cooper einstieg. Er hing an dem Auto und wollte ihn solange fahren, bis er letztlich komplett auseinander fallen würde. Er konnte einfach nicht glauben, was er gerade gesehen hatte. Ausgerechnet Hopkins lebte mit seiner Frau in der Fournier Street in London, wo Jack the Ripper im 19. Jahrhundert sein Unwesen getrieben haben soll. Eigenartig war es schon. Die ganze Nacht hindurch grübelte er über diesen Fall nach. Am folgenden Morgen im Büro beauftragte er Jim Laurel herauszubekommen, wo das Mädchen wohnte, was es machte und wer mit ihr Kontakt hatte. Die Obduktion der Leiche ergab, dass der Täter brutal vorgegangen war. Hinterrücks erschlug er sie mit einer Eisenstange. Demnach zu urteilen, wie der Schädel aufgeplatzt war, muss es ein Gegenstand aus Eisen gewesen sein. Hopkins war fassungslos. So ein brutales Vorgehen ist ihm in seiner ganzen Laufbahn als Kriminaloberinspektor noch nicht untergekommen. Wer war der Täter? Wie sah er aus? Wo war er zu finden? So schnell wie möglich musste dieses Monster gefasst werden.

Vorsichtig klopfte Jim Laurel um die Mittagszeit an die Bürotür seines Chefs, denn dieser hatte die Angewohnheit, um diese Zeit in seinem Sessel ein Nickerchen zu machen. Hopkins rief: „Herein! Kommen sie endlich rein Jim." Laurel trat ein und platze auch direkt heraus mit den Informationen. Jane McNeal war Studentin, ledig, wohnte ganz allein, hatte aber einige Studienbekanntschaften und ging regelmäßig in die Kirche. Pater Tom Watson nahm ihr regelmäßig die Beichte ab. Sie war in einem sehr konservativen Elternhaus aufgewachsen. Alle gingen dort in die Kirche. Das Beichten gehörte dazu. Dennis Hopkins wurde ungehalten und ranzte Laurel an: „Schön und gut, mehr haben sie nicht herausbekommen?" Jim antwortete: „Nein, fürs Erste ist es das. Aber ich bleibe dran und werde sie informieren, sobald ich mehr in Erfahrung gebracht habe." Hopkins entschuldigte sich für seinen schroffen Tonfall und sagte: „Dieser Mord geht an die Grenze meines klaren Verstandes. Da ich sowieso in ein paar Wochen in Rente gehe, werde ich mich sofort nach Aufklärung des Falles zur Ruhe setzen." Laurel konnte Hopkins in dieser Hinsicht verstehen. „Wissen Sie eigentlich Jim, dass sie mein Nachfolger werden?", sprach Dennis Hopkins. Ungläubig schüttelte Laurel den Kopf und stotterte: „Neeein? Ich dachte es..." Mit einem Grinsen im Gesicht sagte Hopkins darauf: „Ach Mensch, wenn sie schon anfangen zu denken."

Das Telefon klingelte. Die Pathologie meldete sich mit einer interessanten Neuigkeit. Der Gegenstand mit dem Jane erschlagen wurde, muss eine spitze, lange Unterkante gehabt haben. Nicht, wie man erst vermutete eine Eisenstange, sondern eher eine Tatwaffe aus Holz. Das hilft wohl auch nicht direkt weiter, aber immerhin besser als nichts, meinte Hopkins. Laurel fand noch ein paar Tage später heraus, dass Jane kaum Freunde hatte, da sie sich total in ihrer Wohnung nach den Vorlesungen einigelte. Was wohl auffällig war, dass sie einmal in der Woche zum Beichten ging. Einer Nachbarin fiel auf, dass das Mädchen sehr blass war und ständig mit dem Blick nach unten einherging. Dennis Hopkins hörte sich an, was Jim zu sagen hatte und legte den Hörer auf. Der Inspektor und sein Assistent besprachen Pater Tom Watson mal einen Besuch abzustatten. Watson lebte sehr zurückgezogen auf einem alten Landsitz. Er hatte niemanden. Inspektor Hopkins und sein Assistent Jim Laurel bekamen die Informationen vom örtlichen Pfarramt. „Aber was soll Watson schon für Informationen haben? Was weiß er schon?", spekulierte der Inspektor.

Am Tag darauf fuhren Beide zum Landsitz des Paters. Watson war ein untersetzter, kleiner Mann. Lief ständig mit gefalteten Händen herum. Eigentlich eine nichtssagende Gestalt. Das alte Haus indem Watson lebte, war alt und hatte schon fast etwas Unheimliches. Die Beamten klopften an und baten mit dem Pater sprechen zu können. Tom Watson bat sie herein und fragte: „Was kann ich für sie tun?" Er war offensichtlich sehr nervös, was den Kriminalbeamten sofort auffiel. „Nun mal ganz sachte. Wir haben ein paar Fragen. Wissen sie eigentlich, dass Jane McNeal, eine Studentin, die regelmäßig von ihnen die Beichte abgenommen bekam, ermordet wurde?", sagte Laurel. Watson stotterte: „Nein..." Kaum unauffällig benahm sich der Pater. Hopkins und Laurel hatten vorläufig keine Fragen mehr und verabschiedeten sich erst mal höflich. Im Auto sagte Dennis Hopkins: „Ich kann mir nicht helfen Jim, aber irgendwie kommt mit der Pater verdächtig vor.", Jim antwortete: „Den Eindruck hatte ich auch. Aber was können

wir ihm vorhalten? Angeblich war er immer hier in seinem Haus."
Beide waren sich sicher, hier würde etwas nicht stimmen. Laurel
und Hopkins machten Feierabend, denn das was beide dachten,
wollten sie vorläufig für sich behalten. Es konnte einfach nicht
sein.

Am nächsten Tag flatterten neue Untersuchungsergebnisse dem
Inspektor auf dem Schreibtisch. Seine Laune war genau so mies
wie das Wetter in London. McNeal wurde nicht brutal erschlagen,
sondern auch noch vergewaltigt. Warum musste ein junger
Mensch sterben, damit ein Perverser sein Vergnügen hatte? Jim
Laurel hatte keine neuen Erkenntnisse. Dennis Hopkins grübelte
über seine Pension nach. Sollte wieder ein Fall als ungelöst auf
seinem Schreibtisch landen? Nein, das durfte nicht sein, nicht
dieser grausame Mord. Er musste noch, bevor er ging, den Mörder
finden. Laurel und Hopkins besprachen das weitere Vorgehen.
Keine Zeugen, keine Freunde des Mädchens. Was blieb da noch?
Pater Watson? „Um Gottes Willen, das kann nicht sein...", dachte
Jim. Am anderen Tag besuchten die beiden Beamten noch einmal
Pater Watson, aber sie kamen nicht weiter. Wieder im Büro
angekommen lag eine Nachricht für Hopkins auf dem Schreibtisch.
Die Pathologie hatte sich noch einmal gemeldet. In den Resten des
Schädels von Jane McNeal befand sich ein etwas dickerer
Holzsplitter älteren Datums. Das heißt, die Tatwaffe muss aus
Holz gewesen sein. Das Holz selbst ist, so unglaublich es klingen
mag, auf das 16. Jahrhundert datiert worden. Hopkins schoss
etwas durch den Kopf, was er aber sofort wieder verwarf. „Nein,
das geht nicht.", dachte er. Tom Watson hielt gerade eine Messe
als Hopkins und Laurel in die Kirche traten und sich hinten auf die
Kirchbank setzten. Alles wurde still. Aber die Beamten blieben

sitzen und sagten kein Ton. Pater Watson wurde sichtlich nervös als er beide sah. Unauffällig leierte er seine Predigt herunter und setzte sich dann auf die hintere Bank zu den Polizisten. Wiedermal verlief das Gespräch ergebnislos und die beiden Beamten wussten wirklich keinen Rat mehr.

Im Büro angekommen analysierten beide noch einmal den Fall. Hopkins sprach: „Jim, lass uns mal ganz logisch und cool an die Sache herangehen." Jim antwortete verwirrt: „Wie meinst du das?" Hopkins erklärt: „Hast du in der Kirche das Kreuz gesehen, was über dem Altar hing? Ist dir denn nichts aufgefallen? Das Kreuz sah ganz schön ramponiert aus. Da fehlte ein gehöriges Stück." Hopkins rief in der Pathologie an und forderte schnellstmöglich die Lieferung des Holzstückes zu seinem Büro an. Seine Frau rief ausgerechnet jetzt an und machte ihm eine Szene am Telefon, dass er schon wieder so lange im Büro bleibe. Dennis wurde sauer. „Was denkst du denn, was ich hier mache verdammt nochmal? Ein junges Mädchen ist auf brutalste Weise ermordet worden und du keifst mich an! Nein, ich bleibe hier im Büro bis ich Klarheit habe. Wenigstens diesen Fall muss ich noch zu Ende bringen, bevor ich in Pension gehe.", sprach Watson zu seiner Frau. Damit war für ihn das Gespräch beendet. Inspektor Hopkins schlief vor Übermüdung an seinem Schreibtisch ein. „Hallo Dennis, guten Morgen.", rief Laurel. Hopkins schreckte hoch. „Jim, du glaubst nicht, welche Entdeckung ich heute Nacht gemacht habe.", sagte Hopkins. Dennis fuhr fort: „Du erinnerst dich an das Kreuz aus der Kirche? Das Stück Holz was dort fehlt, könnte das Teil aus der Pathologie sein. Wir nehmen das Holzstück jetzt mit zu Watson." Sie fuhren los. Bis zum Wohnhaus des Paters waren es wenige Kilometer. Watson war zu Hause. Er sah die beiden Polizisten und machte bereitwillig die Tür seines Landhauses auf. Der Pater glaubte immer noch mit einem blauen Auge davon zu kommen. Er war sich seiner Sache sicher. „Der Tod des Mädchens trat zwischen 14 und 16 Uhr am Nachmittag ein. Um diese Zeit sind sie nicht in der Kirche oder ihrem Haus gewesen. Das ergaben unsere Nachforschungen.", erklärte Hopkins. „Schön und gut, aber was wollen sie damit sagen?", fragte Watson. „Wir brauchen ein Alibi, lieber Pater. Wo waren sie? Außerdem ergab die Untersuchung der Leiche, dass Jane McNeal vergewaltigt wurde. Das Holzkreuz in der Kirche ist an der Unterseite zersplittert. Genau dieses Stück was dort fehlt, steckte im Kopf des Mädchens. Was sagen sie dazu, Watson? Jetzt bringt leugnen nichts mehr.", sprach Hopkins. Erschrocken antwortete der Pater: „Ich.., ich... habe mit dem Mord nichts zu tun!" Er zögerte, aber fing schließlich an und erklärte, dass er Jane einmal in der Woche die Beichte abnahm. „Sie war attraktiv, auch für mich. Dann musste ich ihr einfach nachgehen, erschlug sie von hinten und vergewaltigte sie danach. Bitte nehmen sich mich fest, was ich tat war des Teufels. Ich will nicht mehr leben.", gestand. Jim Laurel rannte aus dem Haus, er musste sich übergeben. Das war zu viel für ihn.

Pater Tom Watson wurde lebenslänglich eingesperrt und starb im Alter von 80 Jahren.

Geräusche - Achtung Aufnahme!

Renate & Uwe H. Sültz

Cliff Tendays war und ist noch ein erfolgreicher Musikproduzent. Eigentlich war sein Name Piotr Berdenga, aber wer sollte sich diesen Namen in Chicago einprägen. Auch heute ist sein Musikstudio wieder ausgebucht. Hank übernimmt das Mischpult. Aus den Anfangszeiten ist nur noch das rote Hinweisschild mit der Aufschrift: ACHTUNG AUFNAHME übriggeblieben, sowie der dazugehörige Schalter, damit es hell aufleuchtete.

Cliff sitzt im Büro... im Nebenraum, wird geprobt. Hören kann man nichts, alles ist gut isoliert. Die Eierkartons, die Cliff in den Anfängen einer Schallisolierung an die Wände klebte, sind längst ausgetauscht. In der Zeitung liest Cliff das Dan Briks aus der Haft entlassen wird. Ein Schauer fegt den Musik-Produzenten über dem Rücken. Er erinnert sich, es war dieses heruntergekommene Haus. Nun ist es ja renoviert. Aber Erinnerungen bleiben eben.
... Cliff war damals auf Namensuche und nach einem Musikstil, der zu ihm passte. Viele Aufnahmen stellte er her. Cliff spielte alle Instrumente selbst. Mischte sie auf dem damals neuen Mischpult ab. Es war sein ganzer Stolz. Er brachte es aus Paris mit. Die dritte Etage mietete Cliff. Die zweite ein älteres gehörloses Ehepaar. In der ersten Etage wohnte der Vermieter. In der Etage über Cliff hatte er nie jemanden gesehen. „DancE WitH DEan" sollte sein großer Hit werden. Viele Probeaufnahmen waren schon auf Band. Für das Plattencover engagierte Cliff einen jungen Studenten mit

einem Traumbody. Das sollte anlocken. Heute endlich... die finale Aufnahme. Alles klappte perfekt. Aufnahme, Abwicklung, Kontrolle. Aber was war da für ein Geräusch? Cliff ärgerte sich. Alles schien perfekt. Aufnahme, Abmischung, Kontrolle. Was war da für ein Geräusch?

Nun gut, also noch einmal und wieder diese Geräusche. Als gelernter Tonmischer kontrollierte er jede einzelne Tonspur. Da war es. Leise, aber eben als Störgeräusch zu hören. Er verstärkte das Signal mehr und mehr. Jetzt war ein klägliches Jammern zu hören. „Helft mir, bitte!" Wie sollte dieses Geräusch durch die schallisolierten Wände dringen? Technisch unmöglich, so meint es Cliff. An Mystik oder andere Phänomene glaubt der Tontechniker nicht. Er blieb logisch denkend. Das Geräusch war sauber analysiert. Nun stellte Cliff seine Mikrophone im ganzen Raum auf. Er richtete sie auf alle Wände, den Boden und die Decke. Treffer. Von oben kamen die Hilferufe. Er rief die Polizei. Sie brachen die Tür der oberen Etage auf und fanden eine junge Frau. Sie wurde gefangen gehalten und misshandelt. Mit einer Gabel kratzte sie den Fußboden auf, legte den Teppich drüber, wenn ihr Peiniger zu ihr kam. Sie war am Fuß angekettet, kam nicht bis zur Tür und nicht zum Fenster. Mit einem Stahldraht am Hals bekam sie zwar Luft, aber konnte nicht um Hilfe rufen. Heute war endlich der Tag, an dem sie den Holzfußboden durch hatte. Es war ein kleines Loch. Man hätte sie viel eher hören können, aber die Schall-dämmung verhinderte es. Dan Bricks, wurde verhaftet.
Cliff hatte mit dem Musikstück Erfolg.
Zehn Tage war es in Amerika auf Platz 1.
Die junge Frau, die wir hier nicht nennen wollen, besucht Cliff einmal im Jahr.

SÜLTZ BÜCHER... bekannt mit den Gesundheits-Tagebüchern!

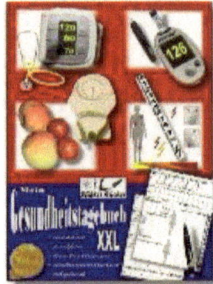

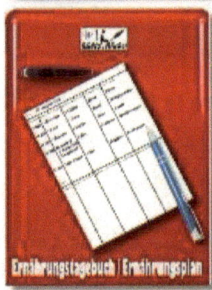

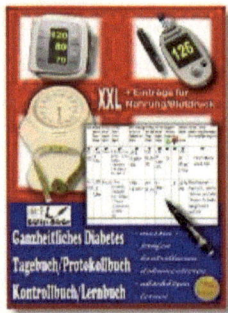

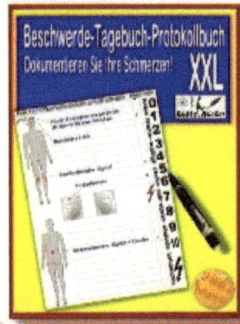

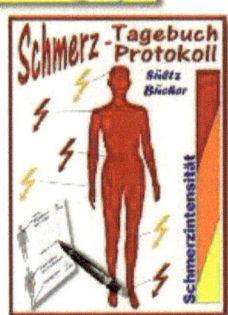

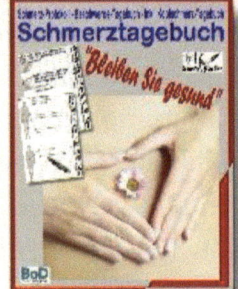